기교 없는 기교

九竅不工

마하 선주선 지음

이화문화출판사

序

時在公元2003年　癸未之夏　於洪川金剛禪院　與江宇先生講詩以來　手不釋卷而構詩屬文爲事　忽焉一紀哉

漫長煙月之中　事冗心煩　兩三年間　或欄筆而不作　曾爲內心所恨而既往勿咎　惟以月作十首爲期　年年聊以自娛　一覓詩語　一練平仄　亦曾不知老之將至矣

蓋向所賦之詩　但不過鼠肝虫臂之物　又爲羞慚愧柭之資　然而東坡云詩成竟何爲　六博本無益　是謂詩勝於遊戲也　并且因以爲翰墨生涯之正路　亦無得以休矣　豈非吾之命途也哉

近來　兩載之間　講讀古文眞寶於善墨會　又繼以試講邱燮友所譯註唐詩三百首　再以求其敎學半之効　而一無得上進　惟詩自我自而已　嗟嘆菲才　何日可止乎　何嘗如此　其搜盡枯腸　今日亦追裝配字句而已　無論其格　所謂其不嘔己心　不鯁人喉　尙未如意池塘神助之音　何日那得乎

夫其詩書與臨池　同帆不二　恰如魚水然　是以　執其兩端　欲爲無過不及　無他焉　以其一個書家　吾誓爲寧受惡礼之評　勿受袊裾之呵故也

方完其第八輯之稿　欲以出刊而命日　九穿不工　此得於爲之周甲展所刻穿九硯若不求工而工兩顆游印　是乃終穿九硯　賦之萬數惟求不俗一畫　無邪一句而已　絕不耽于玩巧之義也　此所謂無巧之巧也歟　吾不知也　仰望江湖諸賢之叱矣

2015年　乙未初秋　于靑霞山房　寶城　宣柱善記

서

　2003년 계미여름 홍천 금강선원에서 강우선생의 시강을 들은 이래 경전을 가까이 하고 시와 글을 엮는 것으로 일삼은지 어느덧 열두 해이다.

　긴 세월 동안 하찮은 일과 심란한 마음으로 수삼 년 간 붓 던져 놓고 짓지 않아 일찌기 내심 아쉬움이 되기는 했지만 한 달에 열 수씩 해마다 스스로 즐기면서 한편 시어를 찾고 평측을 익히느라 시간 가는 줄을 몰랐다.

　아마도 이전에 지은 시가 다만 보잘것없는 것에 불과하고 또 부끄럼의 꺼리가 될 터이다. 그러나 동파의 시에 이르기를, "시를 짓는다 한들 결국 무엇하랴만 그러나 장기바둑이란 본래 무익한 것이다."라고 하였다. 이는 시를 읊는 것이 오히려 잡기의 유희보다는 나은 일임을 말해주는 것이리라. 게다가 한묵생애의 바른 길이라 여기기에 또한 그만 둘 수도 없다. 어찌 운명이 아니겠는가!

　근래에 두 해 동안 선묵회에서 고문진보를 강독하였고 또 이어서 구섭우 역주본 당시삼백수 강독을 시행하여 다시 가르침은 배움의 절반이 된다는 효험을 찾고 있다. 하지만 하나도 진전은 없고 다만 시는 시대로 나는 나대로이다. 비재를 한탄함이 언제나 그칠까!

　어디 이같을 뿐이랴! 다시 머리를 짜내가며 오늘도 추구하고는 있지만 자구를 짜맞출 뿐 그 격은 말할 것도 없다.

이른바 내 마음에 역하지 않고 남의 목에 가시 돋게 하지 않아야 된다는 말이 아직도 마음 같지 않다. 신명의 도움으로 "연못에 봄풀이 돋아나다"라는 깜짝 놀랄만한 시구를 어느 날에나 얻을 수 있으려는지.

무릇 시서는 서예와 한 궤이며 둘이 아니어서 마치 물과 고기와 같다. 때문에 양끝은 잡아 지나치지도 못 미침도 없게 하고자 함은 다름 아닌 한 서가로서 맹세코 차라리 글씨 나쁘다는 평을 들을지언정 무지하다는 책망은 받지 않아야겠다는 이유 때문이다.

바야흐로 제 8집의 원고를 완성하여 출간하고자 이름하여 『九穿不工』이라고 하였다. 이것은 주갑전을 위하여 새긴 〈穿九硯〉과 〈不求工而工〉두 방의 유인에서 얻은 것이다. 이는 곧 끝내 아홉 개의 벼루를 뚫고 지은 시가 셀 수 없어도 오직 속기 없는 한 획과 삿됨 없는 한 구절을 구할 뿐 절대로 기교에 빠지지는 않겠다는 뜻이다. 이것이 이른 바 기교 없는 기교일까? 나도 모를 일이다.

강호제현의 꾸짖음을 앙망하는 바이다.

2015년 을미초가을 청하산방에서 선주선 쓴다.

차 례

第八詩集卷頭言 8차 시집 착수에 임하여

苦雨之中 第六次詩集校正之餘 自今月再臨第八輯也 第七輯者
今所以寄託其入力於以正崔惠順博士 每上梓時 乃知其爲人所笑
之資 而但做工不輟一端事 時習得悅而足 何須在乎他人之觀乎

癸巳七月吉日

굳은비는 내리는데 제6차 시집을 교정하는 여가에 이번 달부터 다
시 제8집에 임한다. 제7집의 것은 지금 이정 최혜순 박사에게 입력
을 맡긴 바다. 매양 사람들에게 웃음거리가 되는 것이지만 그래도 내
심은 흔흔하다. 하필 남의 눈을 의식할 것이겠는가!

계사년 7월 초하루

聊臨詩賦自欣然　그런대로 시 짓기에 임하는 즐거움
由是從師時負笈　스승 따라 공부할 수 있기 때문
步步高升何得望　더더욱 상승을 어찌 바라랴만
文香字氣無時吸　문자향 서권기를 때 없이 흡취하려고

可脫就業泥淖乎　취업의 굴레를 벗어날 수 있을까

　昨日 敎育科學技術部發表人文及藝體能系除外于大學就業律統計 此乃所以朴槿惠政府所信 反影云云

　其間 就業爲至上於大學平價 是以 假裝就業之論難 久矣 吾書藝科亦從其跛行政策 未嘗不爲此虛僞欺瞞之術矣 於此之中 招得忘本追末之果 又爲遮折其少壯書家之壯途與夢 今日聲明 固爲晩時之嘆 而不幸中萬幸矣 藉此唯願其推廣理工等諸系焉

癸巳七月五日

　어제 교육과학기술부가 인문과 예체능계를 대학취업률통계에서 제외한다고 발표하였다. 이는 곧 박근혜 정부의 소신을 반영한 것이라고 하였다.

　그동안 취업이 대학평가에 지상이 되어 때문에 가장취업이 논란이 된지 오래다. 우리 서예과도 그 파행의 정책을 따르지 않을 수 없어 허위와 기만의 파행을 거듭하였다. 이 때문에 근본은 잊고 지엽만 따르는 결과를 초래하였고, 또 젊은 서예가의 앞날과 그들의 꿈을 가로막았다. 오늘의 발표는 만시지탄이기는 하지만 불행 중 다행한 일이다. 이를 빌어 이공계 등 모든 과에 확대, 적용되기를 바라는 바이다.

계사년 7월 5일

學問鞏固求眞理　학문을 공고히 함과 진리의 탐구
若非大學孰可擔　대학이 아니면 어디서 하랴
然而忘本而逐末　하지만 근본 잊고 말류만 쫓기에
天職敎分使愧慚　천직의 교분을 부끄럽게 한다
就業養成所髣髴　취업양성소와 방불하고
師生彷徨定不堪　사제 모두 방황할 수밖에 없다
旣爲證奴何所用　이미 스펙의 노예가 되었지만 소용없고
英語至上無上憨　영어지상주의도 더없이 어리석다
政府勇斷雖快擧　정부의 용단이 비록 쾌거지만
但不鼓掌不爲甘　박수치고 달가운 일만은 아니다
因畫人文藝能系　인문예능에 한계 지어
理工咄咄又喃喃　이공계의 불만은 여전하겠기에

書痕滿目 눈에 가득한 글씨

昨日 爲聖輪佛敎文化財團所主管京來朴炅順女士招待展剪彩之
訪 與瀾濤先生悠然堂朴美子女士 霖雨之中 行順天也 此展乃無
住堂淸華大宗師涅槃十周忌追慕之一也

夫自去月二十七日 一周之間 旣已展於首尒白岳美術館 而彼時
也 以杭州外遊 不得參與其開幕式 今此不得不行步也

午後四時 陪無上法師 剪彩於順天市立健康文化中心 於是 靈
山會相曲響於滿堂 瀾濤先生爲之賀詞以祝盛展 噫 鄰近順天庭園
博覽會 一代稀有之事 而互相輝映也

而後 復與名唱金榮玉先生社業家金雪荷女士 共六人 合席於麗
水所在膾家 而兼一杯 適夜雨綿綿 尋歌廳而游 不知夜闌矣

癸巳七月七日

어제 성륜불교문화재단이 주관하는 바 박경순여사의 초대전 개막
을 위하여 란도선생 유연당 박미자여사와 장마통에 순천에 갔다. 이
전시는 곧 무주당 청화대종사 열반 10주기 추모의 일환으로 이루어
진 것이다.

지난 달 27일부터 일주일간 이미 서울 백악미술관에서 전시를 치
루었는데 그때 항주외유로 개막에 참석하지 못하였다. 이는 부득불
의 행보였다.

오후 4시 무상스님을 모시고 순천시립건강문화중심에서 오픈식을 가졌다. 영산회상곡이 만당에 울리는 가운데 란도선생이 성전을 축하하였다. 아, 인근의 순천정원박람회와 일대 보기 드문 일로 서로 돋보임이 되었다.

마친 후 다시 명창 김영옥선생 사업가 김설하여사 등 모두 여섯이 여수에 있는 회집에 합석하여 한 잔 하였다. 마침 밤비가 주룩주룩 내리는데 노래방을 찾아 놀다가 밤이 이슥한지도 몰랐다.

계사년 7월 7일

銀鉤偈頌莊嚴宴　글씨와 게송이 장엄한 축전
掩映庭園造順天　순천 정원박람회와 서로 돋보인다
唱好錚錚餘韻繞　갈채소리 쟁쟁하고 여운 가득한데
夜闌滴水客窓邊　밤새 객창에 낙숫물소리만 들려온다

漢字教育回生乎 한자교육이 부활 되는가

據今日字朝鮮日報A四面云 朴槿惠大統領言及所以驚嘆之話也
其實國史教育强化 大學就業評價過誤 人文學風土改善 漢字教育
檢討摸索等等 是也

竊聞之 四十餘年前 李殷相曾向朴正熙大統領日 若將遂行韓文
專用政策 則爲世宗大王以後之聖君 噫 竟爲此甘利之言所懷柔焉
迨今 其令愛感知今況 殊非前日 而言及如此乎 然而何期其成事也

癸巳七月十一日

오늘자 조선일보 A 4면에 의거하면 박근혜대통령이 경탄할만한
말을 언급했는데 국사교육 강화 대학취업평가의 잘못 인문학 풍토개
선 한자교육을 어찌 모색할지의 검토 등등이 그것이다.

듣자하니 40여 년 전 이은상이 일찍이 박정희대통령을 향해 이르
길 "만약 한글전용정책을 수행하면 세종대왕 이후의 성군이 되실 겁
니다"고 말하자, 아! 그 감언이설에 회유되었다고 한다. 이제 그 따
님이 오늘이 전과 전혀 다름을 감지하고 이같이 언급한 것인가! 그러
나 그 성사를 어찌 기필하랴!

계사년 7월 11일

韓文專用半世紀	한글 전용 반세기
漢字見侮弊屣然	한자가 헌신짝 같은 모욕을 당했다
民度不覺間倒退	민도는 어느새 퇴보했고
極東無通久於焉	어언간 극동과 서로 소통할 수 없게 되었다
蒸民無心吾國史	국민들 우리국사에 무심
母國眞正何得憐	어찌 모국을 진정으로 사랑할 수 있으리
聖經人名知魚貫	성경에 나오는 인물은 꿰고 있어도
不知家門孰祖先	제 집안의 선조가 누군지도 모른다
菽麥愚民何放置	숙맥의 백성을 어찌 방치하며
魚魯不分那棄捐	어로불분의 무지를 어찌 놓고만 있는지
人情厚薄由是肇	인정의 후박은 한자에서 비롯되며
禮儀廉恥以此緣	예의염치도 이로써 말미암는 것
逮今領袖感知誤	이제야 대통령이 잘못 알아
丁寧改過其嚴愆	정녕 엄부의 잘못 고치려는가
若將施行復初遂	만약 이 정책이 시행된다면
進入先進不五年	선진국 진입 5년까지 걸리랴

刻五方印章　도장 다섯을 새기고

來十一月個人展臨迫 欲寫作品 而連日霖雨 陰濕日炎 不可擧
筆矣 與其費紙光墨 寧作印章之愈乎 兩日間 朗思宣善兩顆 不求
工而工穿九硯等 五方刻之矣 此則顧名思義與遊戲自適之一也 然
眼花手蒙 粗細不分 動輒喪畫 何以工之哉

癸巳七月十三日

　오는 11월 개인전이 임박하여 작품을 하려고하면 연일 비오고 음
습하고 무더워서 붓을 들 수 없다. 종이와 먹을 낭비하느니 차라리
인장이나 새기자 하여 이틀 간에 〈랑사〉〈선선〉두 과와〈불구공
이공〉〈천구연〉등 다섯 방을 새겼다. 이는 그 명제를 눈여겨보면
서 그 의의를 생각하는 것과 유희자적의 하나로 해본 것이다. 그러나
눈은 흐리고 손이 굳어 가늘고 굵음이 구분되지 않고 번번이 획이 뭉
그러진다. 어찌 잘 새길 수 있었겠는가!

계사년 7월 13일

1)

輟久試圖章　손 놓은 지 오래 도장을 새기려니
陰陽畫動喪　획들이 뭉개져버린다
蒙昏惟手目　눈은 흐리고 손은 무디고
工拙計難望　공졸의 계책 바랄 수 없다

2)

今次臨三顆　여러 방을 새겼어도
稱心無一方　맘에 드는 게 없다
雖然纔可讀　겨우 읽을 수 있지만
不俗是惟望　속하지 않음을 바랄 수밖에

單本宣哥　단본의 선가

淫雨霖霖　薄暮之際　始見宗門曾大父　名文圭　現任企劃財政府
事務官也

曾大父曾知我宣哥族譜之誤　爲之匡正　踏査古今資料久矣　是以
曾發刊一小冊字　而力說於寶城宣氏大宗會　卽我宣家　從三國以前
所居住寶城之土姓　非歸化之族也　始祖公諱允祉　高麗禑王八年(1
382)從明以按廉使歸化之說　卽爲强詞奪理　鼻祖雖不知是否　中始
祖是允祉公祖父進士公諱用臣等等是也

竊聞之　允祉公與其兄元祉公兩派　長爲對立之間　實爲歪曲云云

意者　此雖爲家門之恥　而誤改正　應爲順理　曾大父之言　是耶　則
當從其說焉

癸巳七月十四日

　장마통 저녁나절 처음으로 증대부 문규 선생, 현재 기획재정부사
무관을 만났다.

　증대부는 일찌기 우리 선가의 족보가 잘못되었음을 알고 바로 잡
기위하여 고금의 자료를 들춘 지 오래이다. 그래서 이미 소책자를 발
간하여 보성선씨대종회에 역설하였다. 즉 우리 선가는 삼국시대이전
부터 보성에 거주한 토성이요 귀화한 집안이 아니라 한다. 시조공 휘
'윤지'께서 고려무왕8년(1382) 명나라에서 안렴사로 귀화했다는 설이
말도 안 되는 것으로 비조는 비록 몰라도 중시조는 윤지공의 조부인
진사공 휘 '용신' 등등이 그것이다.

들자하니 윤지공과 그 형 원지공의 양파가 대립하는 오랜 기간에
정실이 왜곡되었다고 한다. 생각건대 이것이 비록 가문의 수치일지
라도 잘못을 바로잡는 것이 응당의 순리이다. 증대부의 말이 옳다면
당연히 그 설을 따라야 할 것이다.

계사년 7월 14일

1)

固信吾宣先族譜　굳게 우리의 족보를 믿어왔는데
方知中祖說紛紛　중시조의 설 분분함을 알았네
旣然單本何拘碍　기왕지사 단본인데 무엇이 문제랴
文獻依凭匡誤云　문헌에 의지하여 바로 잡으면 그만이지

2)

大明天地何能隱　대명천지에 어찌 숨길 수 있으랴
羞恥家門奈啻瘇　가문의 수치인들 어찌 근심만 하랴
今是昨非應改正　지난날의 잘못이야 고치면 되고
宗親和翕自相芬　종친이 화합하면 향기 절로 넘칠 것을

訪寒碧園 한벽원 방문

十一月開催月田美術文化財團所選定今年重鎮作家展之前 欲審
其計劃日程若展示場規貌 乃與李娥羅展示弘報企劃士及鄭鉉淑博
士 會同於寒碧園內淸食堂
　喫茶兼聊談之餘 熟悉諸事 歸路次 暫過現代畵廊 觀覽金煥基
畵伯誕辰百周年紀念展而歸矣

癸巳七月十六日

　11월에 개최될 월전미술문화재단이 선정한 바 올해의 중진작가전
을 위하여 계획일정과 전시장규모를 살펴보려고 이아라 전시홍보기
획사하고 정현숙박사와 한벽원 안에 있는 청식당에서 회동하였다.
　차 마시고 대화하는 여가에 제반을 숙지하고, 귀로 차 잠시 현대화
랑에 들려 김환기화백 탄신 100주년 기념전을 보고 돌아왔다.

계사 7월 16일

三淸要地幽寒碧　　삼청동 요지의 그윽한 한벽원
都會難逢靜藝園　　도시에서 보기 어려운 고요한 예원
烏竹奇巖相掩映　　오죽과 기암이 서로 어울리고
奇花瑤草自嬋媛　　기화와 요초가 절로 곱다
小池魚沒痕爲浪　　연못에 고기 숨 쉰 흔적 물결 이루고
茶館人怡慮似萱　　다관엔 사람 즐거워 근심 잊는다
老月九旬揮汗處　　구순의 월전선생 땀 닦던 곳에
拙書冥契畵圖魂　　내 글씨 그 그림 혼과 명합하겠구나

哈佛之孔孟熱風 하버드의 공맹열풍

今日字朝鮮日報A27面一記事云　如今於哈佛大學　東洋思想熱
風高潮　不輟孔子曰孟子曰咿唔之聲　又去年二學期 Michael fue
tt敎授古典中國倫理及政治思想講議　過越以前最高熱門'正義'講
座　其受講者　凡五百有一云爾

夫美國最一流學部生亦熱狂儒學　我國猶以爲陳腐笆籬之物而
已矣

癸巳七月十七日

오늘자 조선일보 A27면 기사에 이르기를 지금 동양사상열풍이 하
버드대학에서 고조되어 공자왈 맹자왈 성독 소리가 그치지 않으며
또 지난 이 학기 마이클푸엣 교수의 '고전중국윤리 및 정치사상'강의
가 이전 최고인기강좌인 '정의'의 수강자를 초월하여 무릇 501명이라
고 하였다.

저 미국의 최일류의 학부생도 유학에 열광하는데 우리는 오히려
진부한 구물로 여길 뿐이다.

계사년 7월 17일

屈指球村渠哈佛　세계에 손꼽히는 하버드에서
斯文講座熱門云　유학강좌 인기라던데
我民歐美肯從久　우리 구미 쫓기를 오래
滿地猶存不恥群　오히려 부끄럼 모르는 무리들만 가득타

苦雨二旬 장마 스무날

時乎 迫近十一月個人展 今當做底大小作品四十餘點 而迎暑假
而後 幾無晴天 已過七月中澣矣

夫書也者 可寫於明窓淨几云爾 孫過庭曾說 時和氣潤 紙墨相
發 其如此 則可以神融筆暢 而今紙濕墨凝 奈何奈何

嗚呼 褊小鰈域 南部炎熱 乘涼爲事 中部苦雨 除濕爲爭也 是
以 日望陰天 吁嘆乃長 枉然焦急而已矣

癸巳七月二十三日

때는 11월 개인전이 박두하여 마땅히 대소의 작품 40여 점을 해야
할 터 여름방학을 맞은 이후 거의 맑은 날이 없이 이미 7월 중순이
지났다.

무릇 서예는 명창정궤에서 쓸 수 있는 것이다. 손과정은 일찌기
"때가 온화하고 기상이 윤택해야 하며 종이와 먹이 서로 피어나야 한
다. 이 같아야 정신이 융화되고 붓이 유창하다"고 하였다. 이제 종이
가 습하여 먹이 엉키니 어떻게 쓸 수 있겠는가!

아! 작다는 반도가 남부는 쾌청하여 더위 피함으로 일을 삼고 중
부는 장마로 제습을 일삼다니, 이로써 날마다 흐린 하늘 바라보며 한
탄만 길고 헛되이 조급할 따름이다.

계사년 7월 23일

1)

疆畿暴雨澇災繁　서울 경기는 폭우로 물난리
南域乘凉猶厭煩　남녘은 더워 죽을 지경
紙墨弄玩分苦樂　지묵의 유희도 고락으로 갈리니
吾韓褊小孰虛言　우리나라 작다는 것 누구의 허언인가

2)

京都苦雨二旬連　서울장마 스무날 이어져
落水窓間屋漏然　낙수 창간에 옥루의 모습
何日可乾宣紙濕　산방의 선지 언제나 마를까
人心焦急枉望天　마음 조급하여 하늘만 바라본다

刻數顆篆刻後 전각 몇과를 새기고

連日下雨　撫篆刻以消遣而已　臨個人展　選文已畢　而不逢晴天
此不得已也　是以　自凌晨至夕陽　虛室生白　遊小天地　朗思居士等
五方刻之矣　然而意倦手鈍　何能有中意者也哉

癸巳七月二十九日

연일 비가와 전각을 어루만지며 소일할 뿐이다. 개인전에 임하여
선문은 끝냈지만 맑은 하늘 볼 수 없다. 부득이 그럴 밖에. 때문에
새벽부터 석양에 이르기까지 〈 허실생백 〉〈 유소천지 〉〈 랑사거사 〉
등 다섯방을 새겼다. 그러나 마음의 권태와 무딘 손놀림에 어찌 마음
에 드는 것이 있었겠는가!

계사년 7월 29일

1)

遊印三方僅欲成　유인 몇 방 겨우 이루려고
寅時初始到天明　인시 초에 시작하여 날이 밝았다
然而出汗無中意　그러나 땀만 나고 맘에는 안 들어
印面虛磨幾度行　인면을 다시 갈기를 몇 번이나 했던가

2)

執刀四十年烟月　칼 잡은 지 40성상
大小千方治得成　어림 천 방은 새겼으리
熟練及時將欲治　숙련되면 그때 새기려고
隱藏愛吝石材精　아껴 감춰둔 인재만 훌륭하다

3)

許多自用圖章見　허다한 자용의 도장을 보니
印面磋磨遽欲平　얼른 인면을 갈아버리고 싶은 것들
可惜嬋娟渠石質　아름다운 석질 아껴
丁寧不若篋中盛　정녕 상자 속에 담아두니만 못했을 것을

4)

聽道如今治老眼　듣자하니 이제는 노안도 고친다지
水晶可換得回明　수정체를 바꾸면 맑음 되찾는다나
旣知不孝何加手　불효임을 아니 어찌 수술을
榻上寧羅對舊情　상 위에 펼쳐 놓고 옛정이나 대하련다

相宇入伍 상우가 입대하다

去年初 家兒相宇 進入首尔藝術綜合學校 於實用音樂科 專攻吉他 忽然一年 而今入伍春川102補充隊

今日上午 斷髮後 與家妻同行 二時間餘 到兵營 望之列兵 茫然而歸

嗚呼 忽憶昔年吾入營之時也 以子入營 回想當年兩親心酸之悲不覺血淚矣

當日兩親 惟我慢性喉頭炎之憂 噫 我惟相宇遺傳性皮膚過敏症之憂 父母惟憂之心 昔今一也

癸巳七月三十日

상우가 작년 초 서울예술종합학교에 들어가 1년간 실용음악과에서 기타를 전공하다가 이윽고 춘천 102보충대에 입대하였다.

오늘 상오 단발하게 하고 가처와 동행하여 두 시간 후에 병영에 이르러 열병을 바라보다 망연히 돌아왔다.

아, 문득 옛날 내가 입대했던 날이 생각난다. 상우의 입영으로 그 당시 양친의 쓰라린 슬픔을 생각하며 나도 모르게 소리 없이 눈물을 흘렸다.

지난날 양친께서 나의 만성후두염을 걱정하셨다. 아, 나는 오직 상우의 심한 아토피가 걱정일 뿐이다. 자식의 아픔을 걱정하는 부모의 그 마음은 예나 지금이나 똑같으리라!

계사년 7월 30일

1)

兵營非損非空白　군대는 인생에 손해도 공백도 아니요
可驗靑春藏退時　청춘의 장퇴를 경험하는 시기
自我兩年謀成熟　2년간 자아를 성숙시키며
好機難得孝行思　효를 생각할 수 있는 더없는 기회

2)

體弱皮膚而兩患　약체와 피부 너의 두 걱정
能瘳兩患在幾微　두 걱정 치유할 낌새도 있지
當兵護國男兒事　군인은 호국의 남아만의 일
一擧能爲兩得非　일거양득이 이 아니더냐

3)

一心服務無憂第　복무에 한마음 집 걱정마라
放哨渠時恬睡時　불침번시 단잠을 잔단다
而自當誠應姉自　네가 진실하면 누나도 그럴 테고
亦然父母得孜孜　부모 또한 열심 또 열심일터

4)

想見其心無可奈　보고 싶은 마음야 어찌하리
人生本是等想思　인생은 본시 기다리고 그리워하는 것
等時面會時休暇　면회와 휴가 때를 기다리다 보면
轉眼間逢退伍僖　어느새 제대의 기쁨도 만나본다

磨墨輟久 먹 갈은 지 오래

少時臨池　磨墨猶多乎鍊字之時　每至於傍晚　以磨墨三昧　不知三更焉

四十以後　托故煩忙　依靠墨汁　常用中製一得閣　或兼用日産玄宗及天衣無縫　今日回顧　愧慹無已

這間　爲個人展作品　而使平川女士　礱磨榮寶齋油煙墨若古梅園紅花墨等　周旋若干升　墨色自光　羞則一也

藉此誓乎向後爲作品時　不用墨瀋焉

癸巳八月七日

어려서 글씨 쓸 때 먹 가는 시간이 글씨 쓰는 것보다 길어 매양 저녁에 이르면 먹 가는 삼매에 삼경인지도 몰랐다.

마흔 이후 바쁘다는 핑계로 먹즙에 의지하여 늘상 중국산 일득각 혹은 일본산 현종 및 천의무봉을 겸용하였다. 이제 돌아보니 부끄럽기 그지없다.

요사이 개인전 작품을 위해 평천여사에게 부탁하여 영보재 유연묵과 고매원 홍화묵등을 갈아 상당 양을 마련하였다. 묵색은 절로 빛나지만 부끄럽기는 매 마찬가지다.

이를 계기로 맹세하노니 앞으로 작품을 할 때는 먹즙을 쓰지 않을 것이다.

계사년 8월 7일

英年磨墨散胸襟　젊어서 먹 갈며 흉금을 느슨히 했는데
托故煩忙久不尋　번상을 핑계로 먹을 찾지 않았었네
莫重二旬虛用瀋　막중한 스무 해를 먹즙만 써왔으니
銀鉤難怪彼猶今　글씨가 어쩐지 그 모양 그 꼴

聚雨 소나기

今夏 於中部 五旬霖雨 歷象中最長云 暫時晴天 同伴雷電 聚
雨紛紛 炎熱不甚 然 以此惡候 作品不治 固不知日程內做成矣
　　山房無空調器及除濕器 每朝望天 吁嘆爲事也 然而回憶訓兵相
宇 滌署之霖 不得惡之 人心恒如此也夫

癸巳八月十日

　　이번 여름 중부지방에 내리는 50일 장마는 기상역사상 가장 길다
고 한다. 잠시 맑았다가도 우뢰를 동반하고 소나기 분분하여 더위를
막아준다. 그러나 이 때문에 작품을 못하기에 실로 일정 안에 이룰
수 있을지를 모르겠다.
　　산방에 에어컨도 제습기도 없어 매일 아침 하늘 보며 탄식을 일삼
는다. 그러나 훈병상우를 생각하면 더위를 식혀주는 장마를 마냥 미
워할 수도 없는 노릇이다. 사람 마음 늘 이런 것인가 보다.

계사년 8월 10일

同伴雷聲聚雨連　우렛소리에 소나기 이어져
人能消暑獨望天　사람들 더위를 식히지만 나는 하늘 바라본다
父成作品兒炎下　애비는 작품 해야 되고 아들놈은 뙤약볕에
願向軍營雲帶遷　군영 향해 구름 띠 옮겨 갔으면

晨得一作 새벽에 작품을 하고

嚮者鷄鳴之寤 或讀書或作詩 而今凌晨揮毫 亦爲別趣 從來以
爲作品可得於巳時明窓 而迫近個展 早晨螢光之下 亦得新趣 始
知三昧 晝夜不二 然其銀鉤不從人心 則乃晝乃夜 一味也哉

這間 惟覺一事消息 書也者 不是人力成就 或使天之賜 抑使地
湧出 乃可以成之而已矣

癸巳八月十一日

지난날은 새벽에 책 읽거나 시 짓거나 했는데 요사이는 꼭두새벽
에 글씨 쓴다. 또한 색다른 맛이 있다. 종래엔 단지 작품은 오전의
명창에서 하는 것으로 여겨왔다. 개인전을 앞두고 이른 아침 형광등
아래에서 또한 새로운 의취를 얻고서야 비로소 삼매의 경지는 주야
가 다르지 않다는 것을 알았다. 그러나 그놈 글씨 사람마음 따라주지
않음은 주야가 구별 없다.

요사이 비로소 느끼는 한 가지가 있다. 글씨라는 것은 인력으로 쓰
는 것이 아닌, 어쩌면 하늘이 내려주던지 아님 땅에서 솟아내 주어야
이룰 수 있을 뿐이라는 것이다.

계사년 8월 11일

螢光燈下求心畫　형광등 아래 심획 구하니
含寂毫端腕可懸　적요 머금은 붓끝 현완도 가하구나
實相銀鉤今始覺　글씨의 실상 이제 알았다.
玆浮從地賜於天　땅에서 솟아 주거나 하늘이 내려주는 것임을

回想訓兵相宇 훈련병 상우를 회상하며

相宇入營二周後 以部隊長通信 而始乃知其連絡處若九月五日
退所日面會 欣然之餘 今日朝晨 修與兒書也

嗚呼 昔年吾先訓六周於原州三十八師團 復受後半期五周敎育
於光州尙武臺 凡十一周後退所之事也 當年退所之日 祖父若兩親
不遠千里而來 噫 四十星霜之以前之事也

今日兵營 比昔天壤 軍隊則今亦軍隊 何無憂心 但祝其無頉及
健康矣

兹以回想訓兵時節 聊以遣懷 後日家兒 四十年後 感於斯文也已

癸巳八月十三日

상우가 훈병이 된지 두 주 만에 부대장으로부터 편지가 와
연락처와 9월 5일 퇴소 시에 면회 가능함을 알았다. 기쁜 나머
지 오늘 아침에 아들놈에게 편지를 썼다.

언뜻 생각난다. 지난 날 원주 38사단에서 6주 훈련받고 다
시 광주상무대에서 후반기 5주 훈련받고 11주 후 퇴소했던 일
들이. 퇴소하는 그 날 할아버지와 어머니 아버지께서 천리 길
을 오셔서 면회했는데 이미 40년이다.

오늘의 병영이 전과 비교하면 하늘과 땅차이라지만 군대는
역시 군대 어찌 걱정이 없겠는가! 다만 무탈하고 건강하기만을
축원할 뿐이다.

이 기회에 훈병시절을 회상하며 그런대로 마음을 달래본다.
훗날 상우가 40년 후에 이 글을 보면 느끼는 바 있을 것이다.

계사년 8월 13일

1)

猛訓六周新訓兵　맹훈 6주의 새 훈련병
生疎環景夢中驚　생소한 환경에 꿈에서도 놀랐네
離家一瞬焉能忘　집 떠나 일순간인들 어찌 잊으랴만
不識間應野戰營　어느 순간 병영에 적응했다네

2)

晝間訓練忘諸事　주간훈련엔 모든 일 잊고
月出思鄕思兩親　밤 되면 고향생각 어버이 생각
血淚時流時轉輾　때로 눈물 흘리며 전전타가
明朝紅日使祛呻　아침 붉은 해에 신음을 떨쳤다네

3)

不遠京光來面會　서울 광주 천리길 면회 때
折磨形色母心悲　찌든 내 모습에 부모 마음 슬펐는데
今無隊伍難堪耐　지금 부대 견딜 만하다 하니
是日相逢顔色熙　면회날 만나보면 얼굴빛 반짝이겠지

4)

兒子如今爲爾時　아들아 지금이 너를 위한 시기
男兒標像有矜持　남아의 표상이니 긍지를 가져라
孝親愛國常心願　애국과 효성을 늘 염원하면서
多得平生談吐資　평생의 이야깃꺼리 많이많이 얻거라

山字怪石   '산'자의 돌을 줍다

陳正祐牧師 晚築屛居於利川市雪星面長泉里 今朝與霧林菖石 鄭藥師三位訪之矣

中食後 五人向康川 尋江邊而探石也 往日 屢尋梨浦 因四大江 治水 沙礫已泯 不得不來此焉

炎熱之中 翻石半天 一無得石 歸路次 偶拾如小餠之石 其中有 草書山字 墨光生生 尤其筆致恰似拙草 人人喜且驚也 歸路得石 云云 誠非虛言也 人生歷程 亦如之與

癸巳八月十五日

진정우 목사님이 이천시 설성면 장천리에 늘그막의 집을 지어 무 림 창석 정약사 세 분과 방문하였다.

중식 후 다섯 사람은 강천으로 향하여 강변을 찾아 탐석하였다. 전 날엔 자주 이포를 찾았으나 사대강 사업으로 돌밭이 다 사라져 부득 불 여기로 왔다.

뙤약볕에 돌을 들추기를 한참에도 하나도 못 줍다가 귀로 차 우연 히 작은 떡 모양의 돌을 주웠다. 그중에 초서 '산'자가 있다. 묵광도 생생한데다가 더우기 필치가 내 글씨와 흡사하여 사람마다 기뻐하고 또 놀랐다.

귀로에 득석이라는 말이 실로 허언이 아니다. 인생의 역정 또한 이 럴 수 있을지.

계사년 8월 15일

沙礫億千間　자갈돌 억천 중에
天然草寫山　천연의 초서 '산'자
緣何吾筆致　어이해 나의 필치며
眞怡墨光爛　묵광마저 찬란한지

印譜印材 贈象柏

인보와 인재를 상백에게 주다

　臺灣留學時所購喬大壯黃牧甫印譜外　鐵農印譜等三冊五卷　贈與象柏申君鉉京　又贈近二十年間所搜集印材十餘顆

　而今所以贈與象柏之由有二　過去累次　邀請抗州　而耗巨費　欲報其少之心　又素如子之愛　復信將爲棟梁故也

癸巳八月十七日

　대만 유학 때 산 교대장 황목보인보 외 철농인보 등 3권5책을 상백 신현경에게 증여하였다. 또 근 20년간 모은 인재 십여과도 주었다.

　오늘 상백에게 증여는 과거 누차 항주에 초청하여 비용을 써 그 마음에 보답하는 것이다. 또 평소 자식처럼 아끼고 다시 장차 동량이 될 것을 믿기 때문이다.

계사년 8월 17일

老眼以來頗厭倦	노안이 되어 권의가 생겨
鈍刀放下十餘年	칼 놓은 지 십 여 년
千金資料藏無用	천금의 자료인들 두어 무엇하리
莫若而今明案前	이제 눈 밝은 안전에 둠만 못하리니

章石書室特講 장석 서실에서 특강하고

前善墨會會長章石居士邀請　於義政府所在章石書室也　自下午
五時　以書者何物之題　講論一時辰矣

世有三旬臨池者多矣　而不識文字　任筆爲體　涂墨爲事　此弊今
爲吾壇轉落原因之一也　準此力說　聽講者年老　書歷亦多　一室相
感而結尾焉

畢後　深谷淸溪　一談一觴　方至歸家　已子時矣

癸巳八月二十三日

전 선묵회회장 장석거사가 초청하여 오후 5시부터 글씨란 무엇인
가라는 제목으로 의정부에 있는 장석서실에서 한 시간 남짓 강론하
였다.

세상엔 30년 글씨 쓴 이들이 많지만 글을 모르고 붓에 맡기어 체
를 이루려 하고 먹 바름으로 일삼는다. 이는 우리 서단의 전락원인이
되었기 이를 틈타 역설하였다. 듣는 사람들이 거의 노년층이고 서력
도 높아 서로 공감하고는 마치었다.

끝내고 계곡을 찾아 대화하고 한 잔 하다가 자시에 이르러 귀가
하였다.

계사 8월 23일

師知由問學　선생이 학문을 아니
徒擧學文求　학생들도 모두 글 배움 구한다
如是三旬後　이같이 30년 후면
書壇逐亞流　서단이 아류를 구축하련만

中國底力 중국의 저력

據中國新華通迅報道 這間中國敎育部推進初中等書藝敎育義務
化方案 此所以不負輿論 則今學生 因以網絡機器普遍使用 而慚
增不能寫字之趨勢 對處一環云云

意者 中國書法界 初不用簡字之況 推而測之 今此底意 必是旨
在解字 寫字次之 此中國欲以還原繁字之緖也否 苟能施行 則人
性敎育 漢字習得 書法增進 同時兼得 可謂一石三鳥 此豈非中國
之底力也

癸巳八月二十七日

중국신화통신의 보도에 따르면 저간에 중국교육부는 초중등 서예
교육 의무화방안을 추진하고 있다고 한다. 이는 여론을 저버리지 않
음인데 즉 오늘날 학생들 사이에 인터넷기기의 보편적인 사용으로
인하여 글씨 쓰지 못하는 애들이 점점 증가하는 추세에 대처하는 일
환이라 운운한다.

생각건대 중국의 서예계가 본시 간자를 쓰지 않는 정황으로 보면
오늘의 이 추진은 필시 그 저의가 글자의 앎에 있으며 서예는 그 다음
이다. 이는 중국이 번자로 환원하고자 하는 단서가 아닐까! 만일 장차
시행되면 인성교육 한자습득 서법증진을 동시에 얻을 수 있으리니 가
히 일석삼조라 할 만하다. 이 어찌 중국의 저력이 아니겠는가!

계사 8월 27일

中國何事造簡字	중국이 뭐하러 간자를 만들어
六書文字令不知	육서문자를 알지 못하게 했는가
實用過誤止大陸	실용의 과오가 대륙에 그칠까
韓台港日繁瑣爲	한국 대만 홍콩 일본에 귀찮음이 되었다
往者思至遲難寫	지난 날에 늦고 어려움에 생각이 미쳤겠지만
今無簡繁無速遲	지금야 간번도 지속도 없다
此因網絡日常用	이는 인터넷의 일상의 사용 때문이니
時乎可謂還原時	때는 가히 환원의 시기라 하리라
黨權旣其弊端識	당에서 기왕 그 폐단을 알아
初中方能施臨池	초중등에 서예교육 실시하려는 것일 터
習字其中使解字	습자하는 중에 문자도 알게 하고
情緒人性以此醫	정서와 인성을 이로써 치유하려 함이리라
是乃中國眞潛力	이것이 중국의 저력
可入先進不遠期	머지않아 선진국에 들겠다
萬邦爭習語文字	만방이 다투어 말과 문자 배우는데
槿域唯一頑又痴	우리만 오직 고집 어리석구나
吾半世紀捐吾字	반세기를 우리 글자 버리고
庠施書藝久不施	학교에서 서예 안 한 지 오래고 오래
疆土無知庸俗滿	강토에 무지와 용속만이 가득한데도
轉換無兆使人悲	전환 조짐 전혀 없으니 나를 슬프게 한다

無垢淨塔願記 무구정탑원기를 보고

今日下午二時 利川靈源寺國王慶膺造無垢淨塔記文化財指定調查次 與朴文烈崔應天姜大一三位委員 會于華成市所在龍珠寺孝行博物館

此塔願記 造成於統一新羅文聖王十七年(855) 曾出於昌林寺址 以雙鉤法 從畫順而刻之 其銅板寬 22.4×38.2cm 厚 0.8cm 秋史先生亦見之而摹焉

調査畢後 暫見東大卒業同期無門禪師於境內 禪師子潽洱茶一塊 受而歸矣

癸巳八月二十八日

오늘 오후 2시부터 이천 영원사의 〈국왕경응조무구정탑기〉에 대한 문화재 지정조사가 있어 박문열 최응천 강대일 세 분 위원과 화성시에 있는 용주사 효행박물관에 모였다.

이 탑원기는 통일신라 문성왕 17년(855)에 조성된 것으로서 일찍이 창림사지에서 나왔다. 쌍구법으로 획순을 따라 새겼는데 동판의 너비는 22.4×38.2cm 두께 0.8cm이며 추사선생도 보고 임모하였다.

조사를 마친 후 잠시 경내에서 동대 졸업동기 무문선사를 만났다. 선사께서 보이차 한 덩어리를 주어 받아가지고 돌아왔다.

계사년 8월 28일

純銅灰暗光　순동의 어둑한 빛에
千載鍍金煌　천 년의 도금이 휘황찬란
精巧雙鉤畫　정교한 쌍구 획에
間間銹古蒼　간간히 녹이 고색창연하다

讀相宇信 상우 편지를 읽고

昨日 收相宇信 上月三十日 入伍後近期月也 今在於江原道華
川郡上西面峯五里所在新兵敎育大隊內新兵訓鍊所
　一瞥如流 下月五日退所時 自午前十時八時間 面會可能云 又
自願鐵柵哨所十個月服務云 一喜一驚
　蓋一周後 喜見曬黑之顔矣

癸巳八月二十九日

　어제 상우의 편지를 받았다. 지난달 30일 입대 후 근 한 달 만이
다. 지금 강원도 화천군 상서면 봉오리에 있는 신병교육대 신병훈련
소에 있다.
　흐르는 세월 그지없이 빠르다. 다음달 5일 퇴소 시에 오전 8시부
터 8시간 동안 면회가 가능하다고 하였고, 또 철책초소의 십 개월 복
무를 자원했다고도 하였다. 기쁘기도 했고 놀랍기도 했다.
　일주일 후면 그을린 얼굴을 볼 수 있겠다.

계사년 8월 29일

今日靑年知懦弱　오늘의 청년들 유약한줄 알았는데
及時臨事勇心生　때에 미쳐 일에 임하니 용심이 생기나보다
毅然自願難關驗　의연히 난관의 경험을 자원하다니
不覺驚魂未定膚　절로 놀란 기분 가라앉지 않는구나

寫萬海禪師悟道頌 만해선사 오도송을 쓰고

立秋處暑已過 而暑蒸如前矣

九月 淸秋也 欲爲心氣一轉 而選別紙扇子所印刷者 以朱墨寫
萬海禪師悟道頌也 其頌曰 男兒到處是故鄕 幾人長在客愁中 一
聲喝破三千界 雪裏桃花片片紅

於此題跋曰 竊聞 結句脚韻 本是紅字 而滿空禪師見之 使改飛
字 是以 兩字混用 愚按 紅則點點 飛則片片 於此乃飛字寫之 而
意則飛勝 協韻則不改亦是也

癸巳九月一日

입추 처서가 이미 지났는데 더위는 여전하다.

9월은 가을이다. 심기를 전환하려고 부채가 인쇄된 별지를 골라
주묵으로 만해선사 오도송을 썼다. 그 송은 아래와 같다. "남아 이르
는 곳이 바로 고향이어늘 얼마나 많은 사람 길이 객수에 잠겼으리 할
한소리로 삼천세계 뒤흔드니 눈 속의 복사꽃 조각조각 붉어라."

여기에 제발하기를 "듣자하니 결구의 각운은 본래 홍자인데 만공
선사가 보고 비자로 고치게 하여 이로써 두 자를 혼용한다고 한다.
내가 보기에는 붉다면 점점이요 날린다면 편편이라 여기에 비자를
쓴다."고 하였다. 의의로 보면 '비'자로 쓴 것이 좋지만 운자로 보면
고치지 않는 것 또한 옳은 일이다.

계사년 9월 1일

大德治詩守法規　큰 스님 시 법규를 지켜
高低長短自須隨　고저장단이 절로 따르네
上平東韻微兼用　상평 동운을 미운도 겸용
受諾他心足以師　남의 마음허여 족히 법됨일진저

選紙 종이의 선택

山房四隅 紙梱多矣 十餘年前 宋紙房宋濟天社長所與之苔紙雁
皮紙宣紙爲首 匠人以使試寫之所送壯紙 累次遊華時所買之紋樣
紙等等是也

我素多用宣紙 慣用故也 壯紙用墨 或潑或凝 猶不爛熟 試用而
已 苔紙則今也不造之物 吝惜不用 然 壯苔兩紙 耐久千年 壽而
不朽 四友之最 次期個展之時 將以必用也

癸巳九月二日

산방도처에 종이묶음이 많다. 10여 년 전 송지방 송제천사장이 준
태지 안피지 선지를 위시하여, 장인들이 보내준 바 시험해 써보라는
장지, 중국여행 때 산 문양지 등이 그것이다.

내 평소 선지를 많이 쓰는데 익히 써왔던 때문이다. 장지에 먹을
쓰면 피기도 하고 엉기기도 하여 아직 익숙하지 않아서 시험 삼아 쓸
뿐이다. 태지는 이제 거의 만들지 않아 아까워 못 쓴다. 장지와 태지
는 천 년이 간다. 오래오래 불후한 점으로 보면 문방사우 가운데 가
장 장수를 누린 셈이다. 차기의 개인전 때는 반드시 사용할 것이다.

계사년 9월 2일

書家知紙重　서가들 종이 중한지는 알지만
物性鮮能知　물성을 아는 이 드물다
壯紙淸純質　장지는 청순한 바탕
單宣潔白資　단선은 결백의 자질
澄心稠密緞　징심지는 조밀한 비단처럼
蠶繭韌柔皮　잠견지는 질기며 부드러운 가죽같이
紋理鮮光爛　찬란히 고운 빛 같은 결
千年耐性肌　천 년을 견디는 피부여라

滿目書像 눈에 가득한 글씨 형상

旣已開講 而展示作品構想 塡塞腦裏而已 可謂滿目書像也
　近兩月之間 以江宇先生選文者 瀾濤博士所選者 又我素甄選者
等 凡七十餘詩文 再三沒入於自紙之大小 書體構分 空間布白 以
至展示場空間及圖錄紙面按排等 而今大槪垂成也 然 裝潢若圖錄
發刊之期 勒定不變 其實書寫之日 不過期月而已 憂心忡忡耳

癸巳九月三日

　개강을 맞아도 작품구상이 뇌리에 가득할 뿐이다. 가히 만목서상
이라 하겠다.
　근 두 달간 강우선생이 고른 문장 난도박사가 고른 것 또 내가 평
소 고른 것 등 무릇 70여 시문을 종이의 대소 서체구분 공간포백으
로 부터 전시장 공간 및 도록지면의 안배 등등에 이르기까지 몰입을
거듭하여 이제 그 대강이 거의 세워졌다. 그러나 장황과 도록발간이
그 기한이 정해져 있어 쓸 수 있는 기일은 불과 한 달일 뿐이다. 걱
정이 이만저만이 아니다.

계사년 9월 3일

1)

書家資質見　서가의 자질이 드러남
要諦選文何　요체는 선문을 어찌하느냐이다
翰墨非奇特　글씨란 별난 게 아니라
思惟露不過　생각을 드러내는데 불과하기에

2)

翰墨最難窮　글씨에서 제일 궁리하기 어려운 것은
無他用墨工　다름 아닌 빼어난 용묵
其人淸濁在　그 사람의 청탁이 거기에 있고
病否在其中　병색의 여부도 그 중에 있다

3)

敢言其次事　그 다음은
白黑計當難　여백을 계산해 먹을 감당하는 것
非畫空間重　획이 아니라 공간이 중요한 법
逍遙得所安　노니는 듯 편안한 곳 찾아 그어야

4)

言之又重焉　또 중요한 것은
名作見無邊　명작을 무수히 보는 일
眼目由斯長　안목이 이로써 자라나야
先賢望比肩　선현들과 비견을 바랄 수 있는 것

面會感懷　면회의 감회

　已而翹首苦待乎相宇面會之日也　與妻及昊延　早發向十五師團
新兵敎育隊　上午十時頃　能到所堵列之大練兵場也
　行事途中　有以粘貼二等兵階級章之典禮　而黏附於左胸焉
　正午頃行事畢後　先尋旣所豫約大成山會館　放下包袱　復向華川
邑內　膾家麵包店茶房等等轉轉　四時頃　再回會館　又過三時間　凡
八時間　轉眼過之矣
　七時四十分　撥歸相宇於部隊　而欲歸家　足重心顧　步步難擧　莫
知所措
　今日對兒　顏色澄明　體重增加　英姿颯爽　而遺傳性皮膚過敏症
勢之好轉　再次確認其自願鐵柵勤務十個月也
　但祝始終健康及安好而已矣

癸巳九月五日

　이윽고 기다리고 기다리던 상우 면회일을 맞았다. 아침 일찍 처와
호연이랑 15사단 신병교육대를 향하여 오전 10시경 도열한 대연병
장에 닿았다.
　행사 도중 이등병계급장을 달아주는 순서가 있어 왼쪽 가슴에 붙
여주었다.
　정오경 행사를 마치고 우선 이미 예약한 대성산회관을 찾아 짐을
내려놓고 다시 화천읍내로 향해 횟집 빵집 찻집 등등을 전전하다가
4시 경에 다시 회관으로 돌아와 세 시간을 보냈다. 그 8시간이 깜빡
할 새에 지나가 버렸다.
　7시 40분경 부대에 떼어 돌려주고 귀가하려니 걸음이 떨어지지 않
아 어찌할 바를 몰랐다.

오늘 아들놈을 대하니 안색이 맑고 체중도 증가하고 자태도 늠름하다. 이때에 아토피가 호전된 것을 볼 수 있었고 다시 철책선 근무 10개월을 자원했음을 확인했다.

다만 시종 건강과 몸 성함을 기원할 뿐이다.

계사년 9월 5일

1)

英姿又颯爽	멋지고 늠름함
顔亮體形匡	얼굴은 밝고 체형도 잡아지고
自足當爲事	응당 할 일 스스로 만족하니
軍門人制場	군문은 사람을 만드는 곳이어라

2)

茫然回想伍	아득히 군대생활 회상하니
忽憶世人言	사람들 이야기가 기억난다
堅忍難當事	어려운 일을 견뎌내면
生涯矜持源	일생 긍지의 근원이 된다는 그 말이

印材又贈象柏　인재를 또 상백에게 주다

曩者 印譜三册 送付象柏申君鉉京 今日又贈印材數十顆 此二
十年間所搜集者也
趁以託付 半窓明月 筆歌墨舞 硯靜而壽等游印九顆 此將用個
展小品焉

癸巳九月十四日

전날 인보세책을 상백 신현경군한테 건네주었는데 오늘 다시 인재
수십과를 주었다. 이는 20년간 수집한 것들이다.
그러면서 반창명월 필가묵무 연정이수 등 유인9과를 부탁하였다.
이는 개인전 소품에 사용할 것이다.

계사년 9월 14일

印材交數顆	인재를 건네줌은
無用覓偸閑	짬을 내봐야 소용없기에
意舞陰陽裏	뜻은 음양에서 춤추고 싶고
心歌朱白間	마음은 주백에서 노래하고 싶건만
老人逢切迫	늙어져 절박함 만나니
私事作無顔	사사로운 일로 후안이 되는구나
君旣知昏眊	저 친구 내 눈 흐려진 것 알아
欣然替我艱	흔쾌히 내 괴로움 대신했다네

捺印 도장을 찍고

山房所有游印不少 而適意愛玩者不過十方 其中最愛者 千秋一顆 葫蘆瓶形小印也 此兩年前 得於北京柏民家 愈看愈好 此外又有三四十方 其不愛用 以其作品內容難而相合 又其大小亦不易相契也 是以 惟觀賞而已

夫用游印 難而又難者 尋其所最適之捺處 若不尋其處 則不如無捺 何不愼哉

意者 捺印恰似施針 失其穴位 則反不如無矣 今人不知其格度 無處無胡捺 又不計大小 亂捺多矣 噫

癸巳九月二十日

산방에 가지고 있는 유인이 적지 않지만 마음에 들어 애용하는 것은 불과 열과이다. 그 중에서 〈천추〉를 제일 아끼는데 호리병형의 소인이다. 이는 두 해 전 북경의 백민 집에서 얻은 것으로 볼수록 좋다. 이외에 3~40방이 있어도 애용하지 않는 것은 작품 내용과 서로 맞기 어렵고 또 그 크기 또한 서로 합치되기 쉽지 않기 때문이다. 그래서 다만 관상할 뿐이다.

무릇 유인을 씀은 어렵고도 어려운 것이다. 최적의 자리를 찾아야 되는데 만약 그렇지 못하면 찍지 않는 것만도 못하다. 어찌 삼가지 않겠는가!

생각건대 날인은 흡사 침놓는 것 같아 그 혈 자리를 잃으면 도리어 침을 놓지 않은 것만 못하다. 요즈음 사람들 그 격도를 알지 못한다. 아무렇게나 찍지 않음이 없고 또 크기도 계산하지 않고 어지러이 날인함이 많아 아쉽다.

계사 9월 20일

人娛游印蓋　사람들 유인 찍기를 좋아 하지만
不解隱夷希　숨은 미묘의 경계를 알지 못 한다
捺印施針似　날인은 침을 놓는 것 같아
須非厥位非　모름지기 그 자리가 아니면 안 되는 것을

輟茶禮床 차례상을 물리고

茶禮陳設 茲有先人之禮 魚東肉西 頭東尾西 紅東白西 左脯右
醢 棗栗梨柿 各有其所焉

書亦如是 於是 始終聯想作品 字畫結字章法印章等等 亦各安
其所 乃爾

然 以作品言之 此處中意 則彼處粗惡 再以試之 復且好惡顚
倒 又復寫之 亦不出科臼也 書者 以一回性爲上 何日可得神助妙
境乎

癸巳九月十九秋夕日

차례상에 어동육서 두동미서 홍동백서 좌포우혜 조율이시 각각 그
자리를 얻었다.

이때에 시종 작품을 연상하면서 자획 결구 장법 인장 등등도 각안
기소가 이 같기를 바랐다.

그러나 작품으로 말하면 이곳이 맘에 들으면 저기가 잘못 되고
다시 써 보아도 그 호악이 전도되고 또 다시 써보아야 매양 또 그
러하다. 글씨란 일회성으로 으뜸을 삼는데 어느 날에나 그 경지를
얻을까!

계사년 9월 19일 추석일

整整齊齊紅白果　가지런한 붉고 흰 과일
東西魚肉脯醢羅　고기 식혜 할 것 없이 잘 벌려져 있다
澄澄禮物安其所　깨끗한 제물은 다 제자리에 있건만
何日書工遂叶和　언제나 글씨 화협 이룰까

嘆細嫩之畵　가녀린 획을 한탄하며

秋夕連休五日間　奉茶禮於一山所在長兄枉龍家外　每自凌晨三
時　至於落照　汨沒作品　不出山房也
　昨日　翻看其間所作之二十餘點　欲以再試之者多矣　其由則筆畵
細也
　戴老花鏡而書之　書時但不知之　脫鏡而視　其畵細嫩也　噫　此亦
將克治之做工之難也

癸巳九月二十三日

　추석연휴 닷세간 일산에 있는 주용 큰형 댁에서 차례를 지낸 하루
이외에 매일 새벽 3시부터 일몰에 이르기까지 작품에 골몰하여 산방
을 나가지 않았다.
　어제 그동안 해놓은 20여 점을 들추어보니 다시 쓰고 싶은 것이
많다.
　그 이유는 필획이 가늘기 때문이다.
　돋보기를 쓰고 쓰면 쓸 때는 모르는데 벗고 보면 획이 가늘고 여
리다.
　아 이것도 장차 극복해야 할 어려운 과제이다.

계사년 9월 23일

老花鏡戴纔書寫　돋보기 써야 겨우 쓰는 글씨
視力垂垂差嘆吁　시력이 점점 나빠져 탄식
擱筆無時看卦壁　붓 거두고 때로 벽에 걸고 보면
銀鉤何似細紗乎　획이 어찌나 가는 실가닥 같은지

偶然三霜出刊 우연삼상 출간

第六次山房日記　命曰偶然三霜　而五次五旬臨池不識一字刊行
後五年之事也　曩者　二三年間　屬文綴詩　茫然輟之　而今想之　其
間愒月玩日　但惋惜耳
　個人展作品制作之餘　偸閑以校正　新梓纔畢　感慨萬端
　憑此向江宇先生　謹以致謝　而復期明年

癸巳十月一日

　여섯 번째 산방일기를 이름하여 『우연삼상』이라고 하였다. 다섯
번째 『오순임지불식일자』를 발간한지 5년 만이다. 지난 날 2,3년간
문장 짓고 시 쓰기를 멍청히 그만두었다. 그 허송세월이 다만 애석
할 뿐이다.
　개인전 작품을 하는 여가에 짬 내어 교정하여 바야흐로 새 책을 만
났다. 감개가 무량하다.
　이에 강우선생께 삼가 감사드리며 다시 내년을 기약한다.

계사년 10월 1일

隱然嗜慾再爲詩　은연중 좋아하는 욕심에 다시 시를 짓지만
淺陋天機空自知　천박 비루한 천기를 스스로 아는 이 몸
搜索枯腸無得進　아무리 짜내어도 거기가 거기
莫能固步自封欺　제자리걸음임을 속일 수 있을 야

更新運轉免許證   운전면허증을 갱신하고

時在1990年初秋 放鶴洞居住時 取得駕駛證 已過二十餘星霜也
其間 數次微微接觸事故 而無有大過 可謂幸矣 然 此無僥幸之
物 不可不愼哉
往日 近五年間 自駛而往來京益 而今憶想 方知四十血氣蠻勇
而已
今日換證於鐘路警察署 將須謹且愼也夫

癸巳十月四日

1990년 초추 방학동에 살 때 면허증을 얻었다. 이미 20여년이다.
그동안 몇 번의 미미한 접촉사고는 있었지만 큰일은 없었다. 가히
운이 좋았다 할 만하다. 그러나 차를 운전한다는 것은 요행이 없는
일이기에 삼가지 않을 수 없다.
지난 날 근 5년간 운전해서 서울 익산을 왕래하였다. 지금 회상하
니 40혈기의 만용이었을 뿐임을 알겠다.
오늘 종로경찰서에서 면허증을 바꾸었다. 장차 모름지기 삼가고
또 삼갈 일이다.

계사년 10월 4일

1)

人間自大勿言多　스스로 잘났다고 말하지 말 것 많지만
駕駛渠中最所訶　그 중에서도 운전이 제일 꾸중들을 일
一失毫釐容不許　털끝만큼의 잘못도 용납될 수 없으니
刹塵人命在先何　세상에 인명보다 우선인 것이 무엇이랴

2)

須知常識於行勢　행세에 모름지기 상식은 알아야지
駕駛猶存誤氣風　운전에 잘못된 기풍 여전하다
一把操蹤時突變　운전대 잡으면 사람이 돌변하여
終無讓步枉相訌　양보는 끝내 없고 부질없이 다툰다

終結個人展小品 개인전 소품을 종결하고

至於今朝　個展作品其四十八個中　兩條屛風外　皆得做焉　而自九時　費三時間餘　一一捺印也

夫寫字甚難　而捺印亦難　以其印章之大小位置　各相和諧　不失均衡　而墨紙兩色及朱色相稱乃可也　不然　則雖善寫者　莫若無捺也　此亦爲格度　須要細心工夫矣

明天欲託裝潢於仁寺洞百家房表具師也

癸巳十月七日

바야흐로 오늘 아침 개인전 작품 48개 가운데 두 개의 병풍 외에 모두 끝내고 9시 부터 세 시간 남짓 하나하나 날인하였다.

무릇 글씨 쓰기도 어렵지만 도장 찍는 것도 어렵다. 인장의 대소와 위치가 각기 어울려 균형을 잃지 않아 먹과 종이 색깔과 붉은색이 서로 걸맞아야 되기 때문이다.

그렇지 않으면 비록 잘 써진 글씨라도 날인하지 않음만 못하다. 이 또한 격도가 되기에 모름지기 세심한 공부가 요구된다.

내일 인사동 백가방 표구사에 표구를 맡기려 한다.

계사년 10월 7일

兩月朝哺惟汩沒　두 달 아침저녁 오직 골몰하여
已而小品擧完成　이윽고 소품을 다 완성했다
草行心畫王顔抱　초서 행서는 왕안을 끌어안았고
篆隷銀鉤秦漢盛　전서 예서는 진한을 담아내었다
摺扇曲彎形質熔　부채 굽어진 곳에 형질을 녹였고
中堂平面性情耕　중당평면에 성정을 일구었다
至難勿語唯書寫　어려움 오직 글씨 쓰는 것이라 말하지 말라
位失圖章非點睛　도장이 제자리 잃으면 화룡점정 못 되니

買紙筆　종이와 붓을 사고

　　夫自作品制作之後　兩月間　耗費宣紙千餘張　竝且榮寶齋唐墨及
建國五十周年紀念特製油煙墨　古梅園紅花墨等三枚　磨而渴盡也
　　山房所保管之紙　尚不少矣　大抵向者　故宋濟天宋紙房社長所贈
苔紙熟成紙雁皮等等是也　然　吝惜以不敢用　無他焉　以其格度提
高而後　將用之慾心也　尤其苔紙　今日自然環景下　不易製之　將爲
難得之物　何可胡用之哉
　　今日　小品一任百家房　之宋紙房　買宣紙二百張若中國産羊毫筆
不倒翁兩枝　於是　任東初部長賜三十年生四尺壯紙三十張也

癸巳十月八日

　　작품제작에 진입하여 두 달간 선지 천여 장을 소비했다. 영보재의
당묵 및 건국 50주년 기념특제유연묵 고매원 홍화묵등 세 개를 다
갈아 없앴다.
　　산방에 보관된 종이가 아직도 적지 않다. 전날 고 송제천 송지방사
장이 준 태지 숙성지 안피지 등등이 그것이다. 그러나 아까워 감히
쓰지 못하는 것은 격도가 더 높아진 이후에 장차 쓸 욕심 때문이다.
더우기 태지는 오늘날의 환경하 만들기가 쉽지 않아 장차 얻을 수 없
는 것이다. 어찌 함부로 쓰겠는가!
　　오늘 소품을 백가방에 일임하고 송지방으로 가 선지 200장과 중국
산 양호필 '부도옹' 두 자루를 샀다. 이에 임동초 부장이 30년 생 4척
장지 서른 장을 주었다

계사년 10월 8일

1)

毛筆房房在	방마다 있는 모필
初無用幾枝	써보지도 않은 것 몇 자루던가
家鷄虛厭倦	집에 있는 것 거들떠보지 않고
貪雉幸民爲	바깥 것 탐하는 이 사람이라니

2)

散在皮苔紙	산재해 있는 피지 태지
千金不換之	천금으로도 바꿀 수 없어라
依依今不用	연연하여 지금 쓰지 못하는 것은
等候軟毫時	붓이 나긋나긋할 때를 기다리느라고

聽鵂鶹聲 부엉이 울음소리 듣고

凌晨丑時之末 忽聞鵂鶹聲 開北窓而望之 鶹坐於松枝而不飛不動 今日卽亡弟無不居士二周忌 或魂靈替以遣乎 抑尋配而來此乎 書架所置亡弟片影 茫然望之 不覺血淚也

鶹咽鳴 我相思 爾我雖別 心亦有以相通也歟

癸巳十月九日(陰九月五日)

꼭두새벽 세 시도 안 되어 문득 부엉이 우는 소리 들려 북창을 열었다. 소나무가지에 앉아 꼼짝도 하지 않는다. 오늘이 무불거사의 2주기이다. 혹 혼령이 대신 보낸 것인가! 아님 짝 찾아 온 것인가!

서가에 있는 작은 사진을 망연히 바라보자니 소리 없이 눈물 흐른다.

부엉이는 울고 나는 그리워하고. 그 모습은 비록 달라도 마음이야 서로 상통하는 바가 있으리라!

계사년 10월 9일 (음력 9월 5일)

松樹一鶹鳴　소나무엔 부엉이 울고
山房血淚晶　산방엔 눈물 수정 같네
人禽形色別　서로 모양새는 달라도
想念是同情　보고 싶음이야 똑같은 심정

四尺壯紙 사척장지

前前日 既所託裝潢者中 夫所寫池上編草書 頗不中意 而再試
之於宋紙房任部長所贈四尺壯紙 比之於前而稍愈焉

任部長日 此紙保有三十年於此 恐有以異於他紙 果其然乎 質
性澁而滑 潑墨亦佳 筆勢淋漓 誠是近來罕見良紙也 若得眞正伯
樂主人 可傳千年也夫

癸巳十月九日

그제 표구를 맡긴 것 중에 초서로 쓴 지상편이 맘에 안 들어 송지
방 임부장이 준 사척장지에 다시 써보았다. 전 것에 비교해서 조금은
낫다.

임부장이 "이 종이는 이곳에 30년 보관하던 것인데 아마도 다른
종이와 다를 것이다." 하였다. 과연 까끄러운듯 매끄러우며 발묵도
좋고 필세도 통쾌하다. 진실로 근래 보기 쉽지 않은 좋은 종이다. 만
약 진정한 주인을 만난다면 가히 천 년을 전할 것이다.

계사년 10월 9일

壯紙吾矜伐 장지는 우리의 자랑
單宣莫比肩 단선은 비견할 수 없다
淋漓然筆勢 필세도 힘차게 나오고
潑墨似雲烟 발묵이 운연같다

完成屏條 병풍을 완성하고

本月開天節前日 火曜授業罷後 忽忽上京 前週休講 且値月曜
今日 凡十二日間 潛心作品也
　上週土曜 寫韓愈符讀書城南 而完成行書八曲 今日以隷寫之陶
淵明停雲於八幅 且以首楷尾行跋文 加之兩幅 十曲成之 已而個
展作品 今日洗硯也

癸巳十月十四日

　이번 달 개천절 전날 화요일 수업을 마치고 바삐 상경하여 지난주
는 휴강하고 다시 월요일 오늘을 만났다. 무릇 열이틀 간을 작품에
잠심한 것이다.
　지난주 토요일엔 한유의〈부독서성남〉을 써서 행서 여덟 폭을 완
성하였다. 오늘은 도연명의〈정운〉을 여덟 폭에 예서로 쓰고 앞엔
해서로 뒤에는 행서로 두 폭의 발문을 써서 열 폭을 이루었다. 이윽
고 개인전 작품을 완결하였다.

계사년 10월 14일

臨池小品成難極　글씨란 소품이 진정 어려운 것이지만
焉敢胡言易屏風　병풍을 쉽다고 망언하지 말라
氣脈貫通神彩煥　기맥상통에 신채 환발한 이것
幾希巨匠勝蓮翁　추사 같은 거장도 거의 없는 것이어라

訪一史先生 일사선생을 방문하고

自益山 上京次 遇誠山金炫廷女士 同行龍仁上峴洞所在一史先
生宅也

今日拜訪 趁以問病 欲以示假輯圖錄 又託激勵辭也 於是先生
披覽曰 好哉好哉 然予之老病 開幕時參席不可知也 再三云云

癸巳十月十七日

익산으로부터 상경 차 성산 김현정여사를 만나 용인 상현동
소재의 일사선생 댁에 동행하였다.

오늘의 방문은 문병을 틈타 가편집 도록을 뵈드리고 또 격려
사를 부탁하려는 것이다. 이때에 선생은 모두 좋다하였고 노병
으로 개막 시에 참석을 할 수 있을지를 몇 번이고 언급하였다.

계사년 10월 17일

患軀五載無時喘　　오년 병환에 숨 가빠도
朝暮咿唔遠畵師　　조석으로 책 읽고 화공을 멀리 하였네
惑愛拙書求學熱　　내 글씨 구학 열을 지독히도 아끼고
忘年爲友似恒諮　　나이 잊은 친구처럼 항상 묻기도 하였다네

相宇初暇 상우의 첫 휴가

相宇入隊後三月 迎初次休暇三泊四日 會北窓外 新鋪木板 與
妻弟明玉眷屬 烤猪肉 而兼濁酒 於是皆以驚嘆相宇變貌也
　誰言軍隊索然無味之地 荒凉凄愴之處乎

癸巳十月二十六日

　상우가 입대 후 세 달 만에 첫 휴가 3박4일을 맞았다. 마침
북창에 새로 마루를 깔아 처제 명옥의 식구들과 고기를 구웠고
탁주를 겸하였다. 이때에 모두 상우의 변모를 경탄하였다.
　누가 군대를 삭막하고 무미건조한 곳이며 쓸쓸맞은 곳이라
고 말했느뇨!

계사년 10월 26일

軍門三個月　입대 삼 개월에
驚嘆貌形新　경탄할만한 새로운 용모
健壯明顏色　건장하고 밝은 안색
華佗於此神　화타인들 이보다 신령스러울까

校正個展圖錄 개인전 도록을 교정하고

圖錄校正次 察其編制 恰巧百八頁也 與其作品四八之數 若合
符節然也

圖版次序 以篆隸草楷行韓文順次配列 頗爲可觀 又其江宇一史
兩師之文 裝飾尾頭 更爲烘托也

然 印刷尖銳之際 墨色純度 終不及實 今猶不知其緣故也

癸巳十月二十八日

도록 교정 차 그 체제를 살펴보니 공교롭게도 108쪽이다.
작품48점과 마치 약합부절 같다.

도판차서를 전·예·초·해·행·한글의 순서로 배열했더니 자못
볼만하다. 또 강우 일사 두 분 선생의 문장이 끝과 처음을 장
식하여 더욱 돋보인다.

그러나 인쇄술이 첨예한 이때에 묵색의 순도가 끝내 실물에
미치지 못한다. 지금도 그 연고를 모르겠다.

계사년 10월 28일

百八頁爲煩惱滅	백팔 쪽에 번뇌 사라지고
符渠四八輒忘憂	사팔 작품과 꼭 맞아 근심을 잊는다
篆前行後韓文測	전서를 앞에 행서를 뒤에 한글도 헤아렸고
誇隱矜藏華態廢	뽐냄 숨기고 자랑 감추고 화태도 숨겼다
儒佛箴言心淨托	유불의 잠언에 마음 맑기를 의탁하고
詩文高節日新謀	시문의 고절에 날로 새롭기를 꾀하였다
兩師玉稿加烘衬	두 선생의 옥고 돋보임을 더하였는데
何沒油烟玄色幽	유연묵의 그윽한 먹빛은 어디로 갔나

見李權宰理事長　이권재이사장을 만나고

漢字敎育硏究會李權宰理事長與其夫人金明熙女士之邀請 薄暮
之際 會于舊基洞紫霞門食堂也
　夫人金女士 時在二00九年 不佞指導 而以松溪金振興篆書硏究
論題 得碩士學位於圓光大學東洋學大學院 其令愛秀貞敝科學部
出身 今上韓國學中央硏究院大學院也
　李理事長 斯文掃地之際 肩負漢學敎育之大任 啓導漢字文盲社
會 令人佩服 感荷無垠 然 每次受之 而不報之 不禁歎疚也
　今日復爲個人展 喜封賜之 無地自容 未久展示 以硯靜而壽懸
額欲報之而實爲未報也

癸巳十一月一日

　한자교육연구회 이권재 이사장과 부인 김명희여사의 요청으로 저
녁나절 구기동 자하문식당에서 모였다.
　부인 김여사는 2009년 내가 지도하여 〈 송계김진흥전서연구 〉로
원광대동양부대학원에서 석사학위를 받았다. 따님 수정이는 우리 과
학부출신인데 지금 한국학 중앙연구원대학원에 다니고 있다.
　이 이사장은 문화가 다 쇠퇴한 즈음에 한학교육의 대임을 짊어지
고 한자문맹사회를 이끌고 있다. 사람을 탄복케 하며 고맙기 그지없
다. 그런데 매양 받기만 하고 갚지는 못해 면구함을 금할 수 없다.
　오늘도 개인전을 위하여 금일봉을 주었다. 어찌할 바를 모르겠다.
전시에 미쳐 〈 연정이수 〉현액으로 은혜를 갚으려 하지만 이것으로
갚았다고 말할 수는 없다.

계사년 11월 1일

受則莫忘施卽忘　　받으면 잊지 말고 준 것은 잊으라지
一毫不可在私心　　털끝만큼도 사심이 있어서는 안 된다지
人間布德怡無上　　인간 덕을 베풂이 무상의 즐거움이라는데
惟受無施羞不禁　　늘 받기만 하니 부끄럼 금할 수 없어라

碧草池樹木園 벽초지 수목원

週末 欲爲參堂 兼腦消熱 與蓮心行金南希女士 尋普光寺 再訪
隣近碧草池樹木園也

此園 歲在二〇〇五年新開 已爲我故鄕之名所 夫其右側西歐式造
景 與附近紫雲書院花石亭 互相對比 四時各有別趣 特以冬節照
明祝祭可觀 尋訪者 絡繹不絕也

會時屬晚秋 外來奇花正發 處處濃艶 丹楓亦嬋娟 散步一圈 心
自舒暢矣

癸巳十一月三日

주말을 맞아 예불도 하고 머리도 식힐 겸 연심행 김남희여사와 보
광사를 찾았다가 다시 인근의 벽초지 수목원에 갔다.

이 수목원은 2005년에 열어 이미 우리 고향의 명소가 되었다. 이
곳 우측의 서구식 조경은 부근의 자운서원 화석정과 서로 대비되어
사시마다 다른 정취가 있다. 특히 겨울의 조명축제가 볼 만하여 찾는
사람이 끊이지 않는다.

마침 때는 만추라 외래종 기이한 꽃들이 때 맞추어 피어 곳곳에 농
염하고 단풍 또한 곱게 물들었다. 한 바퀴 산보하니 마음이 절로 후
련하다.

계사년 11월 3일

奇花瑤草如仙境　기이한 꽃들 선경과 같고
景色歐州風槪臨　경치는 서구의 풍광이 임한 듯
石像園林生動活　석상은 꾸민 동산에 생동하고
艸亭塘路寂寥深　띠 정자는 못 길에 적요하다
畵廊小品人休歇　화랑의 소품들 사람들 쉬게 하고
老鋪薄荷鬼饗歆　가게의 박하향 귀신도 흠향한다
花石紫雲相掩映　화석정 자운서원과 서로 돋보여
乃爲名所問而尋　명소되어 사람들 묻고 찾는다.

圖錄出刊 도록을 출간하고

個展開幕四日前 圖錄方出刊矣
　一翻看之 或有校正誤謬 墨色亦未盡其光 又編輯者不知篆字
誤座而倒置其小姓名印於封面等 少有暇玼 然 凡事難得十分之足
何必責之也
　雖然 至今猶有不解一事 卽今印刷技術而看 日本香港等地出刊
書藝圖版 實物不異 我國不然 誠怪奇也夫

癸巳十一月四日

개인전 개막 나흘 전에 도록이 나왔다.
　한 번 들춰보니 혹 교정이 잘못된 것이 있고 먹색이 그 빛을 다하
지 못하였다. 또 편집자가 전서를 몰라 겉표지에 작은 성명 인을 잘
못 앉혀 거꾸로 놓은 것 등 적은 하자는 있다. 그러나 범사란 십분의
만족은 어려운 법 하필 나무라겠는가.
　그래도 지금도 한 가지 일은 이해할 수 없다. 곧 오늘날의 인쇄기
술로 볼 때 일본 홍콩 등지에서 출간된 서예도판은 실물과 다르지 않
은데 우리는 그렇지 못한 것 바로 그것이다. 실로 괴기한 일이다.

계사 11월 4일

聽道單宣唯白色　듣자니 선지가 백색이어서
色調分解愈爲難　색상분해가 더욱 어렵다 하네
冷金紋樣精微得　냉금지 문양지는 정미할 수 있거늘
墨奧鮮光不可完　오묘한 고운 먹빛 완전히 할 수 없다니

挂作品 작품을 걸고

忽忽授業畢後 爲作品陳列 急向首尔三淸洞 下午三時半頃 到
月田美術館 靑雨河丁時雨章石柏民平川外 裝潢師柳廷烈等 旣已
一一按排其位 而待我焉

於是 異口同聲曰 恰如用尺量之然 而試使掛之 不容一毫加減也

憑以我之生朝四月初八故 準此意成四八作品之數 展場陳列如
此巧適 不亦奇乎

癸巳十一月七日

서둘러 수업을 마치고 작품진열을 위하여 급히 서울 삼청동으로
향하여 하오 세시 반경 월전미술관에 도착했다. 청우 하정 시우 장석
백민 평천 이외에 표구사 유정열씨 등이 이미 하나하나 그 자리를 안
배해 놓고 나를 기다리고 있었다.

이때에 이구동성으로 마치 잣대로 잰듯하다 하고는 걸어보니 가감
을 용납할 수 없었다.

나의 사월 초파일 생일에 맞추어 고의로 48작품을 했는데 들어맞
기가 이 같다. 또한 기이하지 않은가!

계사 11월 7일

一一按排區掛觀　하나하나 안배해 걸고 보니

恰如用尺度然完　흡사 자로 잰 듯 완정하다

屛條幽靜中房展　병풍은 한가운데 펼쳐졌고

小品從容隅壁安　소품은 구석에 편안하다

橫似浮雲停碧落　횡액은 하늘에 구름같이 멈춰 있고

縱如碑石聳巖盤　종액은 암반 위 비석같이 서 있다

短長大小憑初八　길고 짧고 크고 작음 초파일에 맞춘 것이

草稿猶如合適欄　마치 초고가 란에 꼭 들어맞은 것 같다

剪彩 테이프를 끊고

夫方値剪彩之日　江宇山石兩師　早來而歸　迨午後四時　東江一
史友山竹峰四位書壇元老爲首　菖石霧林石軒紹軒菊堂凡與鐵肩藏
山等重鎭書家及文人景游瀾濤兩先生　敝科三人敎授及學生　善墨
會前會長李惠淑金鍾燮先生及李月善會長外善墨會諸位等等　凡二
百餘賓客　會于展示場　可謂滿座盛展

於是　靑河金熙政博士任司會而進行　東江一史兩師　不拘九旬及
患軀　爲之賀詞　又浙江大陳振濂敎授　派林如博士　而使代讀祝辭
滿堂肅然　少焉　移隔房　圍座茶果筵　有石軒玄潭兩先生　提議乾杯
人人可喜加賀　不禁感激

畢後　兩個食堂宴會　支拂近四百萬圓　是爲盛大回甲宴也

癸巳十一月八日

바야흐로 오픈 날을 만났다. 강우 산돌 두 선생은 일찍 다녀가시고
오후 4시에 이르자 동강 일사 우산 죽봉 등 네 분의 서단원로를 위시
하여 창석 무림 석헌 소헌 국당 범여 철견 장산등 중진 그리고 문인
경유 란도선생 두 분 우리 과 세 교수와 학생들 선묵회 전회장 이혜
숙 김종섭 두 분과 이월선회장외 선묵회 회원제위 등등 무릇 200여
명의 손님들이 전시장에 모여 꽉 메웠다. 가히 성전이라 이를 만 하
였다.

이때에 청하 김희정 박사가 사회를 맡아 진행하고 동강 일사 두 분 선생이 9순과 환구를 불구하고 축사를 해 주셨다. 또 절강대학 진진념 교수가 임여 박사를 보내어 축사를 대독하게 하여 만당이 숙연하였다. 조금 있다가 맞은편 방으로 옮겨 다과연에 둘러서서 석헌 현담 두 선생이 건배를 제의하였다. 사람마다 기뻐하고 축하하여 감격을 금할 수 없었다.

마친 후 두개식당에서 다시 모셨는데 근 400만원을 지불하였다. 실로 성대한 회갑연이다.

계사 11월 8일

回甲書筵朋滿座　회갑전 자리에 벗들 가득
咸呼慶賀使人羞　모두모두 하는 경하 나를 부끄럽게 한다
賀詞切切惟夸贊　축사의 절절한 과찬
謹納加鞭後日猷　삼가 후일을 꾀하라는 채찍으로 받아들이련다

受花環 화환을 받고

今番個展　受三個花環　敝科敎授一同　東國書道會徐光益後輩
書道協會金榮基會長等送之者是也

其外花盆亦不少　擧其一一飄帶上之名　則七寶寺主持善根法師
東國大敎授惠原法師　金九財團金昊淵理事長　原谷文化財團金聖
在理事長　建國大李相穆副總長　寶城宗親宣東鉉先生　聖輪寺無上
法師　景文高高景武理事長　李振煥李鎣郁姨從兩兄　朴文相姨從弟
祥明紫香會　時雨墨緣　月刊書藝文人畵　濟州書藝學會會員一同等
是也

然　花盆將得培育　而花環事後　不須再用而已　噫

癸巳十一月九日

이번 개인전에 세 개의 화환을 받았다. 우리과 교수일동 동국서도
회 서광익후배 서도협회 김영기회장 등이 보낸 것이 그것이다.

또 받은 화분도 적지 않다. 일일히 리본 상의 이름을 들어보면 칠
보사주지 선근스님 동국대학교 교수 혜원스님 김구재단 김호연이사
장 원곡문화재단 김성재이사장 건국대 이상목부총장 보성종친 선동
현선생 법륜사무상법사 경문고 고경무이사장 이진환 이형욱 이종두
형님 박문상이종동생 상명자향회 시우묵연 월간서예문인화 제주서예
학회 회원 등등이다.

그런데 화분은 기를 수나 있겠지만 화환은 끝난 후에 폐기해야 할
뿐이기에 아쉽다.

계사년 11월 9일

時俗花環送　시속의 화환 보냄
人還浪費歎　사람들 낭비라 탄식한다
無時淡墨友　때 없이 담묵과 벗하였고
終日漫香殘　종일 흠치르르 향기 남기고
掩映間間竹　간간의 대와 어울리고
成陰處處蘭　처처의 난에 그늘도 되어주었다
何尤情理事　어찌 정분의 일을 탓하리오만
可惜棄難看　버려지는 것 보기 안타까워라

作品價格有感 　작품가격유감

　　如今展示　作品價格而言　宣紙半切價三百爲準　其算大小以調定
譬如全紙五百　三分之一準於半切　四分之一　二百　又其半　則一百
五十也　且按其作品之善惡　或上漲或下跌焉　此河丁博士所定者也
　　時在　一九八一年辛酉之春　一回個人展時　半切二十　一九八七
年丁卯之春　二回展時受一百　一九九七年　丁丑之春當二百　而後
十六年　不過三百　以此可知書藝落伍多少於美術市場矣
　　何須比之於此　今日比之於中國書法家　不至十一　曏者　是菴鐵
農兩吾師鼎盛之時　通常二三百　展示時爲其以上　已爲三旬前之
事矣
　　尤其痛歎之事　個人展幸爲如此　平時則一百亦難　今也其兩吾師
之作品拍賣時價　不過十一　實不可言而已矣

癸巳十一月十日

　　오늘 전시에 가격을 말하자면 선지 반절에 300을 기준으로 대소에
따라 조정하였다. 예를 들면 전지500 삼분지일지는 반절에 준하고
사분지일지는 200 다시 그 반은 150이다. 또 그 작품의 선악에 따라
혹 높이기도 하고 내리기도 하였다. 이는 하정박사가 정한 바이다.
　　1981년 신유 봄 첫 개인전 때 반절에 20이었고 1987년 정묘 봄
두 번째 때는 100 1997년 정축 봄에는 200이었다. 이후 16년에 불
과 300이다. 이로써 가히 미술시장에서 서예의 낙오가 어느 정도인
지 가히 알 만하다.

하필 이에 비하랴! 오늘의 중국서가들과 비교하면 십분의 일에 못 미친다. 지난 날 우리 시암 철농 두 분 선생의 한창 때 평소에 2~300은 받았다. 전시 때는 그 이상이었는데 이미 30년 전의 일이다.

더욱 통탄할 것은 개인전 때니까 이만이나 하지만 평소엔 100도 받기 어렵고 그 두 분 우리 선생님들의 경매 싯가가 겨우 그때의 십분의 일에 불과하다. 실로 입에 담을 수가 없다.

계사년 11월 10일

1)

周知往昔幾書家	주지하듯 전날의 몇 분 서가들
三百能收抑嘆嗟	반절 300에도 한탄하였다
拍賣不過纔十一	경매에 겨우 십분의 일
陵夷斯界孰匡耶	망그러진 서단 누가 바로 잡을까

2)

人擧吾人言重鎭	사람들 나더러 중진이라 하는데
嘆吁低價反爲奢	낮은 가격 한탄이 오히려 사치
畵師陶匠違天壤	그림 도자기와 천양지차
年少誰行書路耶	젊은이 누가 서예의 길 걸을까

迎觀客　관객을 맞고

剪彩一週後　其來訪者　可來者幾乎來矣　千卷圖錄　免費以給之
今之餘本　不過一百餘卷　以此觀之　來訪者已過八百餘人矣
　　然　專攻韓文書家中　山石雅誠野山山川藝娜泉水漲潮一魂諸位
外　不見其形　漢文書家亦不見者多　今在遠地書家中　松下雲堂逸
丁諸家外　不見其影也
　　我亦人事　動輒不參　人人多忙　人心咫尺天涯　何須卦心也哉
癸巳十一月十六日

오픈 후 한 주가 지났다. 아마도 올 사람은 거의 온듯하다. 일천
권의 도록을 거저 나누어 주었는데 남은 것이 불과 100여권이다. 이
로 보면 800여명은 족히 다녀간 것이다.

그런데 한글서가 중 산돌 아성 들메 산내 예나 샘물 밀물 한얼등
분들 외에 그 모습을 보지 못하였다. 한문서가에도 보지 못한 이들이
많다. 지금 멀리 살고 있는 서가 중에는 송하 운당 일정 등 분들 외
그림자도 보지 못하였다.

나 또한 다른 사람 일에 번번히 참석하지 못하였다. 사람마다 세사
에 다망하여 인심이 지척이 천리다. 하필 마음에 두겠는가!
계사년 11월 16일

人間面子相來往　인간들 체면으로 하는 왕래
利害相關以各生　이해상관으로 각기 사는 법
展覽只求玩且賞　전람이야 다만 완상하는 것이로되
路逢無得免慌張　길에서 만나면 당황을 면할 수 없더라니

出賣作品　작품을 출매하고

今夕六時　一旬間展示　方結尾也
展出四十八作品中　贈於往日所以助務書室之趙敬子趙美蘭及當
展助務梁支源等五人外　皆出賣也
善墨會書藝科東國書道會祥明紫香會等人脈　相纏如絲　爭先而
瞅問　幸可成之　心悅無垠焉
然　總是皆爲宿債之事　何以將報之乎

癸巳十一月十八日

　오늘 저녁 여섯 시 열흘의 전시가 막 끝났다.
　출품만 48개 중에 그 옛날 서실에서 나를 도운 조경자, 조미란과 이
전시를 도운 양지원 등 다섯 명에게 준 것 이외에 모두 팔려나갔다.
　선묵회 서예과 동국서도회 상명자향회 등의 인맥이 실타래 같이
엉켜 앞 다투어 점찍었기에 가능했던 일이다.
　그러나 비록 내심은 기쁨 그지없지만 모두 빚이 될 것이다. 어찌
장차 이를 갚을까!

계사 11월 18일

意欲再三書藝展	의욕적인 여러 번의 개인전
一無進展格如前	진전은 없고 품격도 여전하다
如絲纏繞連人脈	실타래 같은 인맥으로
藏戶爭先是宿緣	소장을 다투니 이것이 숙연이리

尋三淸洞門 삼청동문을 찾아서

首尔市歷史文化財課 柳渭男學藝研究士邀請 爲鐘路區文化財
指定調査 尋鐘路區所在岩刻書月巖洞白虎亭三淸洞門 意者 三者
共爲十八世紀左右之物 皆可得指定也

其中 三淸洞門 陰刻四字 有壬戌四月刻之題 而不明何歲干支
矣 其書石峰遺風 兩尺擘窠 正在總理公館對面崖壁 大路之邊 隨
時過之 終不得見之 以其三層建物遮其巖壁也

個人展十日間 每日來往其附近 全然不知之 失笑不禁也

苟其建物 不遮石壁 則易見招損 不問可知也

癸巳十一月二十二日

서울시 역사문화재과 류위남 학예연구사의 요청으로 종로구 문화
재 지정조사를 위하여 종로구 소재 암각서인 〈월암동〉〈백호정〉
〈삼청동문〉을 찾았다. 생각컨대 세 곳 모두 18세기 좌우의 필적인
데 모두 가히 지정될 것으로 본다.

그 중에 삼청동문 음각 네 자는 임술 사월에 새겼다는 제기가 있
다. 그러나 그 임술이 어느 해인지는 알 수 없다. 글씨는 석봉의 유
풍인데 두 자 정도의 대자로 총리공관 맞은편 애벽에 있다. 대로변이
어서 수시로 지났지만 못 보았던 것은 삼층 건물이 암벽을 막고 있기
때문이다.

개인전 열흘간 매일 그 부근을 왕래했지만 전연 몰라 실소를 금치
못하였다.

만약 그 건물이 애벽을 막고 있었지 않았다면 그 훼손은 불문가지
였으리라.

계사년 11월 22일

初入三淸巖刻書　삼청동 초입의 암각서
擘窠生動字間疎　생동하는 큰 글자 자간도 넓다
幸遮一廈今猶在　행여 한 건물이 막아 아직도 온전할 터
莫是不然不復初　아마 아니었다면 이미 훼손되었으리

率領台灣卒業旅行 대만 졸업여행을 인솔하다

敝科三年生卒業旅行一環　帶金君上智外八名(柳玉順　張源彬
張珉珠　金恩廷　裵炫珠　金知慧　朴仙株　金秀彬) 登台灣長途　今月
四日起　四日間　環顧古宮博物院龍山寺陽明山文化大學野柳花蓮
十分老街大灣大學等地也

今次旅行　歲在一九九四年　甲戌初夏　與四期生同行後二十年
所以再踏之也　凡四日漫游中　尋母校文化大學　登臨三十二年前所
留宿舍大壯館屋上　望觀音山淡水次　回想留學時節　又之十分老街
寫所願於四角大燈　而放飛之　此兩事特以留憶焉

癸巳十二月八日

우리과 3학년 학생 졸업여행의 일환으로 김상지군 외 여덟명(유옥
순 장원빈 장민주 김은정 배현주 김지혜 박선주 김수빈)을 데리고 대
만 장도에 올랐다. 이달 4일부터 나흘간 고궁박물원 용산사 양명산
문화대학 야류 화련 십분로가 대만대학 등을 둘러보았다.

이번의 학부 대만여행은 1994년 갑술 초여름 4기생들과 동행한
후 20년 만에 다시 밟은 것이다. 나흘의 자유로운 유람 가운데 모교
문화대학을 찾아 처음으로 32년 전 머물렀던 기숙사 대장관의 옥상
에 올라 관음산과 담수를 바라보며 유학시절을 회상하였다. 또 십분
로가에 가서 사각 등에 소원을 써 날렸다. 이 두 일이 특히 기억에
남는다.

계사년 12월 8일

1)

與生台北旅遊行	학생들과 대북여행
二十餘年後始成	20여 년 후 처음 있는 일
何在靑襟今昔別	어찌 학생들이야 어제와 오늘이 다르랴만
吾身獨老叙情盈	나만 홀로 늙어져 할 말 가득하고나

2)

英年負笈長詩情	젊어서 유학시절 시인마음 기를 적에
美夢靑雲愛短檠	청운의 꿈에 젖어 짧은 등잔 아꼈다네
今彼諸生何想念	지금 저 학생들 무슨 생각들 할까
怡怡自信步行輕	즐거워 자신 있는 발걸음 가볍기만 하구나

韓文有關博士論文審査後

한글 관련 박사논문 심사 후

韓少尹所提出博士論文韓文之生成及發展樣相研究 今日爲五人
委員所通過也 其間 爲之以聘藝娜鄭福東山川朴貞淑靑史張知熏
昔然李昇姸四位博士 自十月末 兩次評審而所以結尾也 內規則本
過五次乃爾 研究者隨時訪鄭朴兩委員 而屢受指導 此兩次 乃爲
不過程式行爲而已矣

專攻韓文書藝博士而言 韓氏於國中爲其第四取得者 庶將貢獻
於書壇耳

癸巳十二月十一日

한소윤이 제출한 박사논문 「한글의 생성과 발전양상연구」가 오늘
다섯의 위원에게 통과되었다. 그동안 이를 위하여 예나 정복동 산내
박정숙 청사 장지훈 석연 이승연 등 네 분 박사를 초빙하여 시월 말
부터 두 번의 심사를 거쳐 종결한 것이다. 내규는 본래 다섯 차를 해
야 하지만 연구자가 수시로 정씨 박씨 두 위원을 방문하여 지도를 받
았기에 이 두 번은 요식행위에 불과할 뿐이었다.

한글서예전공 박사로 말하면 한소윤이 우리나라에서 네 번째 취득
자이다. 장차 서단에 공헌이 있기를 바란다.

계사년 12월 11일

韓文書法眞無盡　한글 서법 무진하지만
理論硏尋固切干　이론 연구가 실로 간절히 요구된다
正字圓方挈勤醴　정자의 방필 원필은 근례비 예천명에서
草書藏露效爭蘭　흘림의 장봉 로봉은 쟁좌위 난정서에서
文章體會須圓滿　한문문장 깨치어 원만해야 되고
歷史旁通且看完　역사를 널리 통해 읽어 마쳐야 하리
資料深藏於篋筒　자료 상자에 깊이 숨어있으니
女流兼善曜書壇　여류들 겸선이면 서단에 빛나리라

觀楷字班創立展 　해자반 창립전을 보고

　去年 三年生金君上智周旋 而結成楷字班 不過朞年 十八名(具
淸美 金佳暎 金上智 金恩廷 金彩原 朴徐瑩 孫韓斌 柳玉順 尹知
寅 李新力 李姸敬 李在引 任恩熙 張玟珠 張源彬 韓恩喜 洪韓輝
許庚訓)開催圓墨會創立展於崇山記念館也

　韓少尹論文審査後 與兩女流委員 參席開幕式 於是 今日招請
講師松下白永一敎授及雲臺丁海川先生亦同席 固在學生展示而看
可謂盛展也

　昨今 八年漫長之間 實用書藝侵惑之弊 書之本質 毀損深刻 目
不忍見 已而學生自覺 而欲回歸本領 不亦嘉尙乎

癸巳十二月十二日

　지난해 삼학년 김상지군이 주선하여 해자반을 결성한지 불과 일
년 만에 열여덟명(구청미 김가영 김상지 김은정 김채원 박서영 손한
빈 유옥순 윤지인 이새힘 이연경 이재인 임은희 장민주 장원빈 한은
희 허강훈 홍한휘)이 숭산기념관에서 원묵회 창립전을 개최하였다.

　한소윤 논문심사 후 두분 여류위원과 개막식에 참석하였다. 이때
초청강사 송하 백영일교수와 운대 정해천선생도 동석하였다. 실로
재학생전시로 볼 때 가히 성전이라 할 만하다

　작금 8년의 긴 기간 동안 실용이 파고들어 본질훼손이 심각하여
차마 볼 수 없었다. 이윽고 학생들이 자각하여 본령으로 회귀하려 한
다. 또한 가상하지 않은가!

계사년 12월 12일

自發而成楷字班　자발적으로 만들어진 해자반

求心覺醒霎時間　구심의 각성이 삽시간이다

翰聲塗墨常爲事　붓소리 모임 먹 바름으로 일 삼을 제

文正臨文漸誘嫺　문정회는 문장에 임하여 익숙함 꾀했다네

唐楷棄捐今解誤　당해 던져 버린 것 이제 잘못임을 이해했고

魏碑崇仰旣知頑　위비 숭앙 이미 미련했음 알았다네

於斯工拙何須計　이에 어찌 공졸을 따질손가

勉學新風使欲攀　면학의 새로운 풍기로 한 단계 오르려 할 뿐

光化門懸版 광화문 현판

去年之春 光化門復元一環 文化財廳據一九六八年重建時所照
林泰英所書相片 以使數碼用法若書藝專門家雙鉤廓塡法復元懸
版也

於是 世宗大白成郁博士一任數碼用法 其雙鉤廓塡卽朴榮鎭白
永一崔銀哲金應鶴李完雨諸位兼不侫等六人擔之 乃相會五次於景
福宮西南隅假設建物而完成也

其後 懸版龜裂 藉此 韓文專用輩提出以韓文換之之議 論難紛
紛 而終乃平息 此後 補修懸版 某人建議字形之瑕 爲之檢討 今
日午後二時 再與朴白崔三位會於白博士研究室 修正微微而歸矣

癸巳十二月十三日

지난해 봄 광화문 복원일환으로 문화재청은 1968년도 중건 시에
찍은 바 림태영이 쓴 사진을 가지고 디지털 용법과 서예전문가의 쌍
구전법으로 현판을 복원케 하였다.

그때 세종대학교백성욱박사가 디지털용법을 일임하였고 그 쌍구곽
전은 박영진 백영일 최은철 김응학 이완우 그리고 나 등 여섯이서 맡
았다. 이에 경복궁 서남 모퉁이 가설건물에서 다섯 번을 서로 만나
완성하였다.

그 후 현판이 갈라졌다. 이를 빌미로 한글 전용자들이 재의를 제출
하고 한글로 바꿀 것을 요구하였다. 논란은 분분했지만 마침내 가라
앉았다. 이후 현판을 보수했는데 어떤 사람이 자형의 하자를 건의하
여 검토를 위해서 오늘 오후 2시에 다시 박씨 백씨 최씨와 백박사 연
구실에 모여 미미하게 수정하고 돌아왔다.

계사년 12월 13일

1)

正門懸額微龜裂	광화문 현판의 가는 균열을
好事韓文不用因	호사자들 한글로 쓰지 않아서이며
外客處華多誤認	외국인들 중국으로 오해할 거라고 한다
宮中漢字滿彬彬	궁 안의 한자현판 가득한 것은 다 어쩌라고

2)

光化命名深意在	광화문 이름 깊은 뜻 있거늘
空爲字體說紛紛	헛되이 글씨체 가지고 분분한 말들
表音何得能繙譯	표음문자로 어찌 새긴담
失笑應敎吾聖君	응당 우리 세종대왕을 실소케 할 일

看音樂戲劇 뮤지컬 연극을 보고

去一九八五年 祥明女大書藝班畢業生結成紫香會 其81學番具
玉滋外七人(李廷壬 禹鍾洙 廉聖信 鄭繡緣 宋炅姬 任秉美 金泳
姬)邀請 而觀覽音樂戲劇(Man of La Mancha)一篇於忠武Art
Hole大劇場也

此乃凡一百七十分所需公演 無得完解其內容及所以示唆 而出
演者一一歌聲 引人入勝 秋波不離寸陰 今亦琤琤 固其凡五十年
所不息名聲云 良有以也

我之於此公演也 應爲外行 意先欲親之 而人亦近乎書藝 間或
目光轉向外道 何爲光陰所浪費也

癸巳十二月十四日

1985년 상명여대서예반졸업생이 자향회를 결성하였다. 그 81학번
구옥자외 일곱 사람(이정임 우종수 염성신 정수연 송경희 임병미 김
영희)이 초대하여 충무로 아트홀 대극장에서 뮤지컬연극〈맨오브라
만차〉한 편을 관람하였다.

이는 무릇 170분이 소요된 공연이었다. 그 내용과 시사하는 바를
다 알 수는 없었지만 출연자들 하나하나의 노랫소리가 사람을 황홀
케 하였다. 눈길을 잠시도 떼지 못하게 하였고 지금도 쟁쟁하다. 실
로 50년을 명성이 식지 않는다는 운운 참으로 이유가 있다.

나야 이러한 공연에 있어 응당 문외한이다. 생각컨대 내 먼저 이런
것에 가까이 해야 남들도 또한 서예를 가까이 하리라. 혹간 안목을
밖으로 돌리는 것이 어찌 시간을 낭비하는 바가 되겠는가!

계사년 12월 14일

人或時時作外行　사람 혹 때때로 문외한도 되어야 하니
不須一路獨膏肓　한 길로 내달아 홀로 고황에 들 것까지야
人心盡處知先近　남 마음 다한 곳에 먼저 다가갈 줄 알아야
人亦臨池奧秘嘗　남들도 나의 일 서예의 오묘함 맛보리니

臨鑑定 감정에 임하여

首尔大學校值以轉換法人體 因之 其所藏美術品歸屬文化財廳
而爲其書藝印章墓誌揚本等凡二百五十餘品目之眞僞及所藏價値
分別 與文化財專門委員金炳基敎授 會同於首尔大博物館 三時間
餘 見其四分之一也

大抵寄贈品爲主種 揚本類一部及秋史贋作等除外 幾乎無有問
題 意者 其所剩四三亦大同小異然也

癸巳十二月十六日

서울대학교가 법인체로의 전환을 맞았다. 때문에 그 소장미술품
이 문화재청에 귀속된다. 그래서 서예 인장 묘지 탑본 등 무릇 250
여 품목의 진위와 소장가치의 분별을 위하여 문화재전문위원 김병
기교수와 서울대 박물관에 회동하였다. 세 시간여 그 사분의 일을
보았다.

대저 기증 작품들이 주종을 이루는데 탑본류 일부와 추사의 안작
등을 제외하면 거의 문제가 없다. 내 생각은 그 나머지 사분의 삼도
대동소이 일듯하다.

계사년 12월 16일

僞眞鑑別誠難事　진위 감별 어려운 일
旣驗三旬探路賒　서른 해를 지냈어도 길은 까마득
動物比方靈嗅覺　동물에 비할 영험한 후각 같음이라도
放心一瞬立爲瑕　방심하면 한 순간 잘못이 된다

贈平川女士 평천여사에게 주다

現善墨會會長 平川李月善女士 從我自娛臨池 已有三旬

女士生長於裕福門楣 嘗畢京畿大 成家後亦多福 爲人所羨 然
有日保證之誤 卽爲罄困之境 尤其前後 二竪累侵 屢次大手術 幾
至死境 而如此之間 亦不棄筆墨 於焉知命 家勢好轉 患亦回春之
餘 卒放通大國文科 雅號曉庭換之平川 已而進入首尔女大中文科
碩士班

今日以黃庭堅文藝理論及書藝研究之論題受終審而通過　其間
以瀾濤先生爲指導敎授　今日審査委員長則朴晟鎭敎授爲之　我占
末席

多年間搜集中國資料 其要處飜譯 偸閑三年 而獲麟成之 雖爲
蚊負 寫中文學論文 可得碩士學位 六旬不亦壯乎

癸巳十二月二十日

현 선묵회회장 평천 이월선 여사가 나를 따라 임지자오 하기를 이
미 서른 해이다.

여사는 유복한 집에서 자라 일찌기 경기대를 졸업하고 가정을 이
루고도 다복하여 사람들이 부러워했다. 그러나 어느 날 보증의 잘못
으로 옷 한 벌의 빈털터리가 되었다. 더우기 전후하여 병이 자주 침
범하여 대수술을 받고 생사를 왕래하기를 여러 차례 이러한 사이에
도 붓을 놓지 않았다. 어언 오십 줄에 가세가 호전되고 병도 나은 틈
에 방통대국문과를 졸업하고 아호를 효정에서 평천으로 바꾸고는 이
윽고 서울여대 중문과석사반에 들어갔다.

오늘 「황정견의 문예이론과 서예연구」란 소제로 종심을 받아 통과하였다. 그동안 란도선생이 지도교수를 맡았고 오늘 심사위원장은 박성진교수가 하였으며 나도 말석에 앉았다.

다년간 중국자료를 수집하여 요처를 번역하며 투한 삼년간에 이룬 것이다. 비록 힘에 부쳤겠지만 중문학 논문을 써서 석사학위를 받았다. 육순에 장하지 않은가!

계사년 12월 20일

平川不息自悠悠	평원의 시내같이 쉬지 않고 유유히
願似漁翁一任舟	마치 어옹이 배에 맡기고 가듯 하길 원 했네
二竪連侵三克煞	큰 병 이어져 침범해도 세 번을 이겨냈고
四書時讀一忘憂	사서 때로 읽으며 한바탕 근심 잊었다네
臨池意緒間間歇	글씨 뜻에 품고 간간히 쉬어가며
撰述心虛隱隱收	논문 맘 비우고 근심스레 거두었네
暮景話頭惟健保	늘그막의 화두는 오직 건강일지니
欣迎晚節永優游	기꺼이 만절 맞아 유유자적하시길

一史先生弔輓 일사선생을 그리며

一史具滋武先生 歲在二〇〇八年 戊子陽臘月以後 鬪病五年 昨日辭世 享年七十有五

比來 月田張遇聖先生以後 當代文人畫界一人者 然 擧世知之者鮮矣

先生天性狷介秋霜 傷時忿俗 嗟嘆世態 卽爲心病 遂得膏肓 孤寂落寞以逝世 令人凄然

先生嘗愛不佞 或談詩或論書 不恥下問 無時奬許已久 特以時在一九八六年丙寅之秋 受大賞於大韓民國美術大展書藝部門 當審査委員 因之 同師事之

去年十一月八日 個展剪彩時 患軀枉臨 賀詞以勵 此爲最後外出 其感懷 與人不同

嗚呼 三年前逸峰崔鍾範大兄歸西 再昨年契友南泉權東載若家弟無不先後遁化 今年一史先生亦鶴駕 知我者——隱逝也歟

癸巳臘月二十三日

일사 구자무 선생이 2008년 12월부터 5년을 투병하다가 어제 사세하니 향년 75세이다.

근래 월전 장우성선생 이후 문인화계의 일인자였다. 그러나 세상이 알아주는 사람이 드물었다.

선생은 천성이 고집 세고 지조 굳고 추상같았다. 시속을 분해하고 세태를 한탄한 것이 마음의 병이 되었다. 마침내 고황에 들어 외롭고 적막하게 가버리시니 사람을 처연케 한다.

선생은 늘 나를 아껴 시를 이야기하고 글씨를 논하였다. 묻기를 부끄러워하지 않으며 때 없이 칭찬해 준지 오래이다. 특히 1986년 병인가을 대한민국미술대전 서예부문에 대상을 받을 때 심사위원이었기 스승같이 모셨다.

지난해 11월 8일 개인전 오픈 때 환구로 왕림하여 축사로 격려하셨다. 이것이 최후의 외출이라 그 감회가 남다르다.

아! 3년 전 일봉 최종범 대형이 가시고 재작년 벗 남천 권동재와 동생 무불이 앞서거니 뒤서거니 가버리고 올해는 일사선생이 가셨다. 나를 알아주는 사람이 하나하나 떠난다.

계사년 마지막달 23일

1)

狷介秋霜天性直　추상같은 고집과 지조 곧은 천성
呈書見畫露文章　글씨 그림 문장에 다 들어났습니다
斯文掃地心思煎　문화 쇠퇴에 마음 끓이시고
鄙俗畫師吁嘆長　비속한 그림쟁이에 한탄도 길었습니다

2)

文人畫界爲宗匠　문인화계의 종장이시고
精妙銀鉤文亦長　정묘한 글씨 문장 또한 뛰어나셨지만
擧世知音稀少恨　알아주는 사람 없음을 아쉬워하시다가
卽爲心病入膏肓　마음의 병도 되고 고황에 드셨습니다

3)

先生惑愛我三旬　선생님 서른 해 저를 아끼셔
相論詩書以益親　시와 글씨 논하며 더욱 가까워지셔서는
奬許時時須不吝　칭찬에 늘 인색하지 않으시고
敲門朝暮對如賓　언제나 손님 대하듯 하셨습니다

4)

辭世人多哀惜濟　홀연 가버리시니 누구나가 눈물 흘립니다
其人身後譽揚還　그 사람됨은 죽은 후에 기려진다고는 하지만
絕倫文墨娛天上　빼어난 문묵 천상에서 즐기시려
擔卸悠悠撒手寰　짐 벗고 유유히 손 놓으신 것일테지요

今年四字成語 금년의 사자성어

教授新聞發表今年之四字成語 倒行逆施是也
　聽道 此成語 見史記伍子胥列傳云 盖向朴槿惠政府逡巡而不爲
疏通 忠款讜辭也已

癸巳十二月二十五日

　교수신문이 올해의 사자성어를 발표하였다. '도행역시(거꾸로 행하
고 거슬러 시행한다)'가 그것이다.
　듣자니 이 성어는『사기』오자서열전에 나온다고 한다. 아마도 박
근혜정부의 나아가지 못해 멈칫멈칫 하고 소통하지 않는 것을 향한
진정성 있는 질언일 것이다.

계사년 12월 25일

識字知情今社會	식자들 오늘 사회의 정황 알아
甄明成語適時宜	성어를 골라 밝힌 것 시의적절하다
人希領袖民心量	사람들 대통령이 민심 헤아리길 바라지만
莫展疏通行政施	소통의 행정 시행을 펼쳐내지 못 한다

陽元旦 양력 새 아침에

還甲朞年 轉頭已過 而値甲午年陽元旦
　去年有兩大喜事 一則所以爲文化財委員 二則所以過周甲展
　今年是進甲之年 自此而後 何求之有 但復把筆自娛 看書爲樂
而已矣

甲午陽元旦

　환갑의 일 년도 고개 돌리는 사이 지나가고 갑오년 양력 새 아침을
만났다.
　지난해에 두 가지 기쁜 일이 있었다. 하나는 문화재위원이 된 것이
고 또 하나는 주갑전을 치른 것이다.
　금년은 진갑의 해 이로부터 덤으로 사는 여생이다. 무엇을 구할 것
이 있겠는가! 다만 다시 붓 잡아 자오하며 책보는 것으로 즐거움을
삼을 뿐이다.

갑오년 양력 새아침

1)

周甲轉頭經　주갑년도 잠시 지나가고
元朝再復迎　새해 아침을 다시 맞았다
旣而爲進甲　이윽고 진갑이 되었으니
天給饒餘生　덤으로 사는 여생이다

2)

餘生那得營　여생을 어찌 살까
無慾罔邪成　욕심 없고 사심 없음 이루자
把筆看書事　붓 잡고 책보는 걸로 일삼으며
心田怡悅畊　마음 밭 즐거이 갈자

墨磨 먹을 갈고

許久托故煩忙 多用中國産一得閣若日本産天衣無縫墨汁 枉用
於作品 無論練習
　今日 爲之個展作品所購若花環花盆所送之諸位 年賀欲以寫之
而磨中國榮寶齋超細油烟墨五詩間 盖一夜宿之 其光非灰非黑 淳
厚澄淨 此謂眞玄色也

甲午陽正月五日

　오랜동안 번망을 핑계로 거의 중국산 '일득각'과 일본산 '천의무봉'
묵즙을 사용하였다. 작품에 헛된 사용 연습은 말 할 것도 없다.
　오늘 개인전 작품을 구매하고 화환화분을 선물한 분들에게 연하장
을 쓰려고 중국영보재의 초세유연묵을 다섯 시간 갈았다. 대개 하룻
밤 묵히면 그 묵색이 회색도 흑색도 아니면서 순박하고 맑다. 현색이
이를 이르는 것이리라.

갑오년 양정월 5일

磨墨五旬人自老　먹 갈기 50년 사람도 늙어져
如今纔解墨光何　이제 겨우 먹색이 무엇인지 안다
玄玄淳厚明澄物　깊고 순박하고 맑은 먹
自舞闇然契筆歌　절로 춤추며 붓 노래와 투합한다

新道路名住所 새 도로명 주소

夫自今年　地名住所以道路名換之　我家從平倉洞562-25改作
平倉4路21-20　然　全不習慣　寫年賀信封　動輒舊者書之

聽道　舊地址乃日帝殘滓　是以　今爲行政之便　而不以施行不可
云云　然　我國宅地所造成以觀　不同西歐之劃　亦不知其實效否

擧其一例　江南區所在某敎會信徒　因以驛三論峴兩洞所相連之
區改奉恩寺路　而有以示威　論難紛紜

尤其路名　純全吾語不少　此莫非副韓文專用也夫

甲午陽正月七日送年賀狀

올부터 지명주소를 도로명으로 바꾸어 우리 집은 평창동 562-25
에서 평창4길 21-20으로 바뀌었다. 그러나 전혀 습관 되지 않아 연
하장 봉투를 쓰는데 걸핏하면 옛 것을 쓴다.

듣건대 옛 주소는 일본의 잔재라서 때문에 행정의 편의를 위하여
시행하지 않으면 안 된다고 한다. 그렇지만 우리나라의 택지를 조
성한 바로 볼 때 서구의 구획과 같지 않아 그 실효의 가부를 알 수
없다.

일례를 들면 강남구에 있는 모 교회의 신도가 역삼 논현 두동이 상
련된 지구를 봉은사로로 바꾸었기 때문에 시위가 있었으며 논란도
분분하였다.

더우기 그 도로명이 순우리말이 적지 않은데 이는 아마도 한글전
용에 부합된 것이 아닐까?

갑오년 양정월 7일 연하장을 보내고

1)

有情舊地名	정든 옛 지명을
改換路名行	길 이름으로 바꾸었다
本靡棋盤似	본시 바둑판 모양 같은
西歐宅地形	서구의 택지모습도 아닌 것을

2)

一瞬換名行	갑자기 이름 바꾸어
郵差亂自驚	우체부도 어지러워 놀라리
依然書信封	겉봉투 옛 그대로 써지니
熟慣那時成	언제나 익숙해지려나

眼力 안목

利川靈源寺無垢淨塔願記　因以學者間有微微論難　去年十月十日　文化財指定保留於第五次動産文化財分科委員會　然　此値其寶物級　無容置疑　爲再檢會議　與保存文化財專家李午喜先生安貴淑崔應天兩委員　會同於國立古宮博物館

於是　有議見一致於無有一點疑惑　而與同時所造成廉巨和尙墓誌若皇龍寺刹柱本記批量處理以結論矣

甲午陽正月九日

이천 령원사 무구정탑원기가 학자 간에 미미한 논란이 있어서 작년 10월10일 문화재지정이 제 5차 동산문화재 분과위원회에서 보류하였다. 그러나 이것이 보물급에 상당함에 의심할 것이 없어 재검회의를 위하여 보존문화재전문가 이오희선생 안귀숙 최응천 두 분 위원과 국립고궁박물관에서 회동하였다.

이때에 한 점의 의혹이 없다는 의견일치가 있어서 비슷한 시기에 조성된 염거화상묘지 황룡사찰주본기와 일괄처리 할 것으로 결론 맺었다.

갑오년 양정월 9일

文化財斯一國芳　문화재는 일국의 꽃
若爲一錯負時望　만약의 한 번 잘못 시대의 여망 저버리는 것
雖然毫末存疑惑　비록 털끝 만큼의 의혹이 있더라도
眼亮專家莫可詳　안목 있는 전문가의 눈을 속이지는 못 하리

地下鐵新風景 지하철의 신 풍경

比來 知能手機使用爲普遍 是以 一變其地下鐵風景 卽座中人
人只看手機 各有表情 忽然莞爾 臉上發訕 尤年少不管眼前所立
老弱姙婦 苟嘗看書如此 則我國已入先進國
　這間 因以手機弄戲 花鬪遊戲遽然減少 可謂鳳梟同巢

甲午陽正月十五日

　근자에 스마트폰 사용이 보편화 되어 이로써 자하철 풍경을 일변
하였다. 즉 좌중의 사람들이 핸드폰만 보느라고 각각의 표정이 있어
갑자가 빙긋 웃다가 겸연쩍어 하기도 한다. 더욱이 젊은이들 눈 앞에
서 있는 노약자 임부에도 상관하지 않는다. 만약 일찍이 책읽기를 이
같이 했다면 우리나라가 이미 선진국에 들었으리라.
　저간에 핸드폰 즐김에 화투놀이가 갑자기 감소했다. 가히 호악의
공존이라고 하겠다.

갑오년 양정월 15일

1)

尖端利器手機傍　첨단이기 핸드폰 가까이
操作人人迷熱腸　조작하는 사람들 열정적이다
地鐵間間風景一　지하철 칸마다 풍경은 하나
老人姙婦不能妨　노인 임부도 훼살 놓을 수 없다

2)

人間到處每空間　사람 이르는 매 공간마다
神色驚疑失笑顔　의아한 표정 피식 웃는 얼굴
苟已看書如此懇　만일 책 보기를 이같이 했다면
嗚呼先進已升班　아 선진국 반열에 이미 들었을 것을

思那所長志良先生

나소장 지량선생을 생각하며

吾師那所長志良先生孫女汝瑜女士送一封信　一喜一驚　觀其鯉
雁　將陪母親　旅遊韓國　能求助力云云　又問往日同學連絡與否
　　凡三十三年前　台灣中國文化大學藝術硏究所遊學之時　先生時
贊拙書篆刻及中國語　兩年間　玉器所有關受業中　可學標準北京語
隱然之中　尊敬其學問若人品　尤畢生難忘其所施之溫情　回想昔日
感恩之餘　修書而送之

甲午陽正月二十一日

　　우리 스승 나소장 지량선생의 손녀 나여유여사가 편지 한 통을 보
냈다. 기쁘기도 하고 놀랍기도 하다. 내용을 보니 어머니를 모시고
한국을 여행하려는데 도움을 구할 수 있는지를 말하였고 또 옛날 동
료들과의 연락 여부를 물었다.

　　무릇 33년 전 대만 중국문화대학예술연구소 유학 때 선생은 때로
나의 글씨와 전각 그리고 중국어를 칭찬하였다. 두 해 동안 옥기에
유관된 수업 중 표준북경중국어도 배울 수 있었다. 은연 중에 그 학
문과 인품을 존경하였으며 더욱이 그 베풀어 주신 따뜻한 정을 평생
잊을 수 없다.

　　옛날의 감사를 회상하던 나머지 답장을 써 보냈다.

갑오년 양정월 21일

1)

天資品賦人高潔　천품이 고결하시고
玉器淵深卓一家　옥기 연구에 권위자
擧止語言俱所効　언행에 모두 본받을 바였기에
滯留兩載短惟嗟　두 해가 짧았음을 한탄할 뿐이다

2)

時贊拙書兼篆刻　때로 내 글씨 전각을 칭찬하셨고
又言文脈且還佳　또 문맥도 좋다고 말씀하셨네
慈容惠賜惟難忘　인자한 모습 그 은혜 잊을 수 없고
回憶三旬潹潹遐　회상하는 30년 가없이 멀기만 하다

季姨逝世 막내 이모님이 가시다

昨日早晨　季姨辭世　享年八十有七

時在一九六九年　乙酉之秋　平倉洞一帶　某不動産會社掘發住宅
及田野而造成宅地　本第見毁　不得不遷移於附近李氏之家　是以
自其翌年初夏　至於季秋　度過碌磡所在季姨之家　又七三年癸丑
大學一年之時　半年間再依附之

然　長成而後　以至於今　亦不報其恩　而值喪禮　切膚之痛　飮泣
難言

甲午陽正月二十二日

어제아침 막내이모님이 세상을 떠나셨다. 향년 87세시다.

1969년 기유가을 평창동 일대를 모 부동산회사에서 주택 및 전야
를 파헤치고 택지를 조성하여 우리 집도 헐려 부득불 인근의 이씨 집
으로 이전할 수밖에 없었다. 이로써 그 다음 해 초여름부터 늦가을까
지 녹번동 소재 막내 이모 집에서 지냈다. 또 1973년 계축 대학 1학
년 때 반년 간 다시 신세졌다.

성장 이후 지금에 이르도록 그 은혜에 보답도 못하고 상례를 만났
다. 찢어지듯 아프고 흐느껴져 말도 할 수 없다.

갑오년 양정월 22일

1)

篤信誓平生　　신앙심 평생을 서원하시고
悲歡離合經　　비환과 이합도 경험하셨으며
改嫁而富厚　　다시 집안 꾸려 부유해져
人困賜溫情　　곤궁한 남에게 온정 베푸셨네

2)

中歲孤身轉　　중년에 다시 홀로되어
闌殘家勢傾　　가세도 적이 기울었지만
從容無一變　　조금도 변함 없이
常念信躬行　　늘 믿음 따라 살길 염원 하셨네

3)

恒時攸好德　　항시 유호덕
人事守眞誠　　사람 할 바에 진실을 지키시다
倉卒如眠去　　창졸 잠자듯 가시니
花禽亦咽鳴　　꽃과 새도 목멜 일

4)

胸中形影在　　가슴속에 그 모습 계시고
猶在靜音聲　　아직도 고요한 생생한 그 음성
盡忘塵寰事　　티끌세상 다 잊으시고
天堂亨永生　　천당에서 영생 누리소서

見景游先生 경유선생을 만나고

傍晚之際 與景游金昌龍一魂李鍾善兩先生 會于白岳美術館地
下食堂 暫後一理金文姬女士 携白酒而來 四人得過興致之一夕
　景游先生 培材一年先輩 專攻國文學 今在職於漢城大學校國語
國文學部 其間 書藝有關文章頻載於墨家 文房列傳等著書亦出刊
惑愛書藝 一史先生爲首 與石軒竹林一魂靑雨諸位等交遊已久
　然 恰巧於我 暫見而過累次 因以猝然使寫序文於上記文房列傳
中國篇 而爲益親 去年所上梓文房列傳韓國篇自序中 稱我曰 國
士無雙云 令人無地自容
　今日也始同席 而把酒叙舊 人生事本是其然乎
甲午陽正月二十三日

　저녁나절 경유 김창룡 한얼 이종선 두 분 선생과 백악미술관 지하
식당에서 만났다. 잠시 후 한결 김문희 여사가 백주를 들고 와서 넷
은 흥치의 저녁을 보냈다.
　경유선생은 배재 한해 선배인데 국문학을 전공하여 지금 한성대국
어국문학부에 재직 중이다. 그동안 서예유관의 문장을 자주 '묵가'에
실었고 문방열전 등 저서도 출간하였다. 서예를 혹애하여 일사선생
을 필두로 석헌 죽림 한얼 청우 등분들과 교유가 이미 오래다.
　그러나 공교롭게도 나에게는 잠시 마주치고 지나기를 누차 그러다
가 졸연 상기의 문방열전 중국 편에 서문을 쓰게 함으로써 더욱 친근
해졌다. 지난해에 출간한 문방열전 한국 편의 자서 중엔 나를 칭하여
'국사무쌍'이라고 운운하여 나를 어찌할 바를 모르게 하였다. 오늘에
야 처음 동석하여 한 잔 하며 옛날을 토로하였다. 인생사 본시 그러
한 것인가 보다.
갑오년 양정월 23일

1)

景游吾學長　경유 우리 선배
相識幾何年　알기를 얼마던가
暫見而過迭　잠시보고 지나길 자주
方今同席筵　이제사 자리에 동석했다네

2)

國文魁岸先　국문에 우뚝 먼저 하고
書界刊行連　서예계에 책도 연이어내니
牆面爲時雨　무지한 서가들의 단비가 되고
人人敎自虔　사람들을 절로 경건케 하였다네

3)

因緣從列傳　인연은 문방열전
不侫序文塡　나에게 서문을 채우라 했네
日益爲親近　날로 친근해져
從前別扭捐　이전의 서먹함을 던져버렸다네

4)

健身須莫重　건강이 막중
松鶴似延年　송학같이 오래오래
麗澤相磨久　연이은 늪같이 오래 탁마 상성하여
文旌高擧懸　문화의 깃발 높이 드십시다

畢古文眞寶輪讀 고문진보 윤독을 마치다

自歲在二〇〇九年己丑五月二十三日　至於二〇十一年辛卯三月十
一日　凡近兩年間　我講讀古文眞寶前集於善墨會　其後　章石時雨
平川南州素河五士復輪讀後集　今日方畢　再近三年
　夫所謂解放後一世代書家　因以其旣識字　而不知言識字所爲重
如其上典食飽而不知下人饑餓然　是乃張本旣以當知　應以爲其後
生亦當知之　無論如何　此爲其二世代識字希有之果
　今日書家轉落亞流　罕見其眞正者　以其不識詩文也　於是　吾善
墨會學文重之　足爲龜鑑於書壇　固不爲所詡　而亦少爲所稱　何可
輟之也哉

陽正月二十五日

　2009년 기축 5월 23일 부터 2011년 신묘 3월 11일 까지 근 두해
동안 내가 선묵회에서 고문진보 전집을 강독하였다. 그 후 시우 장석
평천 남주 소하 등 다섯이서 다시 그 후집을 윤독하여 오늘 마쳤다.
다시 근 삼 년간이다.
　저 소위 해방 후 1세대 서가들은 기왕의 식자였기에 식자의 중요
성을 말할 줄 몰랐다. 마치 상전이 배부르면 하인 배고픈 줄 모르는
것 같았다. 이는 곧 장본들은 기왕 당연히 알았기에 응당 그 후생도
당연히 알 것이라고 여긴 것이다. 어쨌든 이는 그 2세대의 식자가 드
문 결과가 되었다.

오늘의 서예가가 아류에 전락하고 그 진정자를 보기 어려운 것은 시문을 모르기 때문이다. 이때에 우리 선묵회가 글 배움을 중히 한다. 서단에 귀감이 되기에 족하다. 실로 자랑할 것은 못 되지만 칭찬할 바는 되리니 어찌 그만 둘 수 있겠는가!

갑오 양정월 25일

依然在目散文間　여전히 산문에 눈 두어
圖說離騷又北山　태극도설 이소경 북산이문
集序硯銘毛穎傳　난정서 연명 모영전
呼朋讀了自心閑　친구 불러 읽어 마치니 절로 마음 한가롭다

寄善墨會新任會長團

선묵회 신임회장단에 부쳐

昨日於善墨會 有以交替會長總務 平川李月善會長南州宣華子
總務任期瓜滿 河丁全相摹素河廉丁三兩博士各任其職

其間 以善李惠淑女士爲始 可農時雨嘉林章石平川相繼 今會長
團爲第七代 兩博士旣以契合 而其藝道學文也 必有進步焉

甲午陽正月二十六日

어제 선묵회에서 회장총무 교체가 있었다. 평천 이월선회장 남주
선화자총무가 임기를 마치고 하정 전상모 소하 염정삼 두 박사가 각
각 그 직분을 맡았다.

그동안 이선 이혜숙 여사를 위시하여 가농 시우 가림 장석 평천에
이어졌다. 지금 회장단은 제 7대가 된다. 두 박사가 이미 계합했기에
예도학문에 반드시 진보가 있을 것이다.

갑오 양정월 26일

1)

土曜山房同道會　토요일 산방의 동도 모임
於焉歲月卄餘年　어언 세월 이십년
不辭能筆懷初學　능필도 사양 않고 초학자도 품어
怡悅同堂眷口然　동문모두 즐거운 가족이어라

2)

名中善與墨相連　내 이름 한자 '선'과 '묵'을 이어
善墨中能自想硏　선묵 가운데 '硏'을 절로 연상하네
硏字巧爲通硯字　'硏'자와 공교롭게 '硯'자는 동자
三旬友硯旣因緣　서른 해 벼루 벗 삼아 맺은 인연들

3)

國中書室眞無量　나라 안에 서실 많지만
爲體惟貪不學文　글씨만 탐하고 글 배움 없네
此誤吾人爲反面　그 잘못 우리들 반면교사삼아
務追文氣墨香芬　힘써 문기와 묵향 좇노라

4)

嘗看仁義四書群　이미 인의의 사서 보았고
眞寶詩文香巳聞　고문진보 문자향 진작에 맡았으니
佛老經書輪讀畢　불노의 경서까지 읽어 마치면
書文不二擧能分　글씨 문장 둘이 아님을 모두 분별하리라

道路名住所有感　도로명 주소 유감

早晨看錯亂之正體不明道路名記詞於今日字朝鮮日報A十四面
全國道路名中　外來語者共九三六個　紙上提示之名群　名色我爲大
學教授　亦不知其義者甚多　如仁川松島　其半爲外來語云　嗟夫　禁
忌漢字　善好英字　可笑可笑　瘋哉癲哉

是以　國立國語院　其九三六個中六十八個　修正而勸告　dream
路改希望路　Academy路換大學路　Therapy路亦變森林治愈路等
等是也

都是因韓文專用及英語重視之果　語之長也言之長也

甲午陽正月二十七日

이른 아침에 오늘자 조선일보 A14면에서〈어지러운 정체불명의
도로명〉기사를 보았다. 전국의 도로명 가운데 외래어의 것이 모두
936개인데 지상에 제시된 이름 무리는 명색이 대학교수인 나도 그
뜻을 모르는 것이 정말 많다. 예를 들면 인천 송도의 것 중 그 반이
외래어라 한다. 아! 한자를 꺼리고 영어만 좋아하다니 웃기고 우습고
미치고 돌았다.

때문에 국립국어원은 그 936개 가운데 68개 수정하여 권고하였
다. dream로를 희망로로 고치고 Academy로를 대학로로 바꾸고
Therapy로를 또한 삼림치유로로 변환시킨 것 등등이 그것이다.

모두 한글전용과 영어중시로 인한 결과이다. 말하자니 길고 말하
자니 길다.

갑오 양정월 27일

1)

住址更新道路名　주소를 도로명으로 갱신
外來用語四方盈　외래용어 사방에 가득
地名音義冝爲貴　지명의 음과 뜻 마땅히 귀한 것이거늘
拙速經營何事行　졸속 경영을 어찌해서 행하느뇨

2)

難亂無章新道路　뒤죽박죽 신도로명
黃粱一夢似荒唐　덧없는 꿈같은 황당
當初設想人何許　당초 생각해낸 사람 그 누구냐
或望私嫌漢字亡　혹시 삿된 마음 한자 없애려는 뜻으로

思故知音 옛 지음을 생각하며

時乎立春 而冬神嚴威 鼻尖凍紅 猶如春在江南

早晨欲寫春聯 忽然 想起幼年 卽寒窓之下 受自嚴父體本 寫立
春大吉 掃地黃金出 開門萬福來等句之故懷是也

年年春來 人也不回 惜乎 何當先考先妣 所以知音逸峰南泉無
不一史諸位 先後辭世 傷感係之 是以 爲之消遣鬱悶 乃寫萬物無
聲凭雨潤 百花含笑待春回兩句云

甲午二月四日

때는 입춘인데 동장군이 위엄을 떨쳐 코끝이 얼어 붉다. 아직 봄은
강남에 있는 것 같다.

새벽에 춘련을 쓰려하니 홀연 어렸을 때가 떠오른다. 한창아래에
서 아버지로부터 체본을 받아 〈입춘대길〉〈소지황금출〉〈개문만
복래〉등을 쓴 옛 생각이 그것이다.

자연을 순환하여 해마다 봄이 돌아오련만 사람은 그렇지 못해 아
쉽다. 어찌 아버지 어머니 뿐이겠는가! 지음인 일봉 남천 무불 일사
등 제위가 선후하여 세상을 떠났기에 슬픔이 얽힌다. 그래서 울적함
을 전환하기 위해 이에 "만물은 소리 없이 비축임에 의지하고 백화는
미소 머금고 봄이 오길 기다린다."라고 썼다.

갑오 2월 4일

1)

年年春再來	해마다 봄은 오건만은
人去復無回	사람 가면 돌아오지 못 하누나
悲凉知音憶	애닯피 지음을 생각하자니
徒然淚枉催	공연히 재촉하는 눈물

2)

神州謝臘梅	중국엔 랍매 지고
槿域雪梅開	근역엔 설매 피었다
歲歲先春報	해마다 봄소식 알리건만
河敎獨一杯	어째서 나홀로 잔 들게 하는지

觀安重根義士遺墨所懷

안중근의 유묵을 본 소회

　某氏所藏實物第569-11號安重根義士遺墨思君千里簇子　因保
管不周　修繕時急　軍浦市廳以周旋　曾經咨問　有所選定Engurd補
修專門業體

　今日再爲諮問會議　與金炳基專門委員會于江東區千戶大路198
路4所在　Engurd　而相論裝潢方法紙質物性檢査褙接紙選定修繕
期日等等諸般

　安義士遺墨　已爲寶物指定者共二十六　一一無非佳作　享年也僅
三十二歲　而獨具面目　令人驚歎　然其早達　恰似安平　早化亦一也
又使人悲憾也

甲午二月五日

　모씨가 소장한 보물 제 569-11호 안중근의사유묵〈 思君千里 〉족
자가 보관이 주도하지 못했기에 수선이 시급하다. 군포시청이 주선
하여 일찌기 자문을 거쳐 엔가드 보수전문업체를 선정한 바 있다.

　오늘 다시 자문회의를 위해 김병기전문위원과 강동구천호대로
198길 4소재 엔가드에 모여 '장황방식' '지질물성검사' '배접지 선정'
'수선기일' 등등의 제반을 상론하였다.

　안의사의 유묵으로 말하면 이미 보물로 지정된 것이 모두 26폭인
데 하나같이 가작이다. 겨우 서른두 살에 가히 독구면목을 이루어 경
탄케 한다. 그러나 그 조달이 안평대군과 흡사하고 일찍 세상 뜬 것
이 같아 다시 사람을 숙연케 한다.

갑오년 2월 25일

憤然慷慨字中廋　　분연한 강개 글씨 속에 숨었고
題署詩文藏志意　　시문의 소재에 뜻과 마음 감추었다
游豫論中推句文　　논어 중용 추구에서 노닐었고
逍遙楷草行書字　　해서 초서 행서에서 소요하였다
昔時看守懇求亘　　그 옛날 간수들 간구 마땅
今日吾人嘆賞自　　오늘날 우리네 탄상 절로
早達常應天折乎　　조달하면 하늘이 꺽는 것인가
自家面目英年遂　　자가 면목을 서른에 이루었으니

迎賓 손님을 맞고

早晨鵲啼 文功烈博士帶黃曉女士及其女息而來山房 於是 我給
紅封於毛毛 阿黃膳賜珍珠項鏈於家妻 少焉 五人之紫霞門食堂
餐傳統韓食 而咸怡悅 如食口然
桂林貴賓 自萬里遠方而來 不亦樂乎 諺曰 有緣千里來相會 此
非億劫因緣 何可成之也哉

甲午二月六日

이른 아침 까치가 울더니 문공렬박사가 황효여사와 그 여식을 대
동하고 산방에 왔다. 이때 나는 그 딸애에게 세뱃돈을 주었고 황여사
는 진주목걸이를 처에게 선사하였다. 얼마 후 다섯이서 자하문식당
에 가 전통한식을 먹으며 함께 한 식구같이 즐거워하였다.

계림의 귀빈이 만리 원지에서 오니 즐겁지 않은가! 속어에 연이 있
으면 천 리 밖에서도 와서 만난다고 했는데 억겁인연이 아니고서야
어찌 가히 이루어짐이겠는가!

갑오년 2월 6일

1)

鵲鳴忽得貴賓迎　까치 울더니 귀빈 맞아
喜氣眼花忽轉明　기쁨에 흐린 눈이 밝아진다
遭遇相看無盡樂　만나고 보는 그지없는 락
涉怡方笑是人情　즐거우면 절로 웃음 이것이 인정이리

2)

人應語異通無得　언어 다르면 응당 불통
相對晴光無語通　눈빛보고 말없이 통한다
阻隔桂林千萬里　계림에서 천만리
若非緣業是胡成　인연이 아니고서야 이루어질리야

復開書譜講讀 다시 서보강독을 열다

漫長三年 善墨土曜會員輪讀古文眞寶後集而畢之 今日起復選
定書譜以講讀 其教材是馬國權先生時在一九六四年出刊 至於七
九年度所以略加增訂之孫過庭書譜譯註本

憑此 人人將吟味駢儷文 兼得了解白話文 會員其中 如夏田貞
軒兩女士可讀白話 時雨章石兩士能讀漢文 素河博士兩全 可以相
得補完 可謂一擧兩得 又爲一石二鳥焉

甲午二月八日

긴긴 삼년 선묵 토요회원이 고문진보를 윤독하여 마쳤다. 오늘부
터 다시 서보를 선정하여 강독한다. 그 교재는 마국권 선생이 1964
년 출간하고 79년도에 이르러 약간 증보한 손과정의 『서보』 역주본
이다.

이에 의하여 사람마다 장차 변려문을 음미하고 아울러 백화문을
이해할 수 있을 것이다. 회원 중에 하전 정헌 두 여사는 백화를 읽을
수 있고 시우 장석 두 분은 한문을 볼 수 있다. 소하 박사는 둘 다 잘
한다. 가히 서로 보완한다면 일거양득이라 하겠다. 또 일석이조가 될
것이다.

갑오년 2월 8일

書論白眉書譜序　서론의 백미 서보 서문
周全論旨動人心　주밀 완전한 논리 사람 마음 감동한다
推羲邁獻琤琤叫　희지 추키고 헌지 내리길 쟁쟁히 외치고
宣禮擬神暗暗欽　(글씨가) 예를 선양하고 신을 본떴다며 은연
　　　　　　　　중 흠모하였다
絕險平歸通會要　험절에서 평정으로 돌아가 통회하는 요체요
人書俱老知行箴　인서는 함께 노숙해진다는 지행의 잠언이어라
向人蒙昧批評激　몽매한 이들 향해 비평도 격열터니
不朽千年啓迪今　천 년을 그대로 오늘 우리를 이끄는도다

謹悼睦敎授逝世

목 교수님의 타계를 애도하며

　吾博士論文指導敎授彌天睦敎授楨培先生　昨日逝世　享年七十八歲　從學部時見先生　己有四旬歲月

　歲在二〇〇一年辛巳二月　獲博士學位以來　間間存問　而近來四五年間　不問安否　忽聞訃音　卽尋殯所　痛切無已

　夫吾之弟子亦離校而後　不見形影　則時時懸念　而先生亦何以不其然乎

　誠以敎育者一人　愧歉無垠

甲午二月九日

　내 박사논문 지도교수 미천 목교수정배선생께서 어제 서거하셨다. 향년 78세시다.

　학부 때부터 때로 선생님을 보아왔으니 이미 40년 세월이다.

　2001년 신사 2월 박사학위를 받은 이래 간간히 문안타가 근래 사오년간 찾아뵙지 못했다. 홀연 부음을 듣고 곧 빈소를 찾았다. 통절하기 그지없다.

　내 제자가 학교를 떠난 이후 그림자도 볼 수 없음이 때때로 마음에 걸렸는데 선생님이시라고 어찌 그렇지 않으셨겠는가!

　실로 교육자의 한 사람으로 가없이 부끄럽다.

갑오년 2월 9일

1)

佛學平生爲職分　평생 불교학 직분 삼으시고
天資豪爽號彌天　천품이 호탕 미천이라 호 하셨다네
五旬桃李成蹊處　오십 년 가득한 제자들 속에서
師表言行自敬虔　사표로서의 언행에 스스로 경건 하셨네

2)

謹吊恩師殯所前　은사님 빈소 앞에 서니
行身想起愧無邊　내 행실 떠올라 부끄럼 그지없다
許多弟子名俱忘　허다한 제자 다 잊어버리셨더라도
夢裏分明記我宣　분명 꿈에서도 이놈 선가 잊지 않으셨을텐데

收相宇信 상우 편지 받고

許久 方收相宇之信 高興無已
阿相本左撇子 雖字字歪歪斜斜 而其內容 滿滿堂堂 頗具氣魄 忙苦之
中 淡然順適 亦頗爲安心
一瞥觀之 新兵前方兵營 忙又忙然 誠專念服務 不間雜念 是乃軍門
本然
今春休暇翹足引領 並祝健康及無故而已

甲午二月十日

오랜만에 바야흐로 상우편지를 받았다. 기쁘기 그지없다.

우리 상우 본래 왼손잡이어서 비록 글자는 삐뚤빼뚤이나 그 내용
당당하여 개백이 있다. 바쁘고 고된 중에 담담한 마음으로 적응하고
있어 또한 자못 안심이 된다.

훑어 보니 신병의 전방병영이 바쁘고 바쁜 것 같다. 실로 복무에
전념하여 잡념이 끼어들지 않음 이것이 곧 군문의 본연이다.

올봄 휴가를 학수고대하며 아울러 건강과 무고를 축원할 뿐이다.

갑오년 2월 10일

1)

鉛筆歪斜左手書	연필로 삐뚤게 쓴 왼손 글씨
言言句句露懷居	구절구절 집 생각이 드러난다
軍門本是難熬處	군문은 본시 견디기 어려운 곳
服務初非克己歟	복무 애당초 극기가 아니더냐

2)

六月軍門一兵除	육 개월 만에 일등병
兵營情況淡然舒	병영의 모습을 담담히 펼쳐냈다
陣中何暇長文寫	진중에서 어떻게 장문편지 쓸까
鐵柵初非實戰歟	철책근무 애시당초 실전이 아니더냐

尋安心寺　안심사를 찾아서

　　全北完州郡雲州面所在安心寺主持一衍法師　以其佛事一環　爲
之使我題其一柱門懸額大芚山安心寺也　是以　與藏山居士同行　而
謁法師
　　法師乃東國大學校佛教大學卒業同期而多年長於我　　十餘年前
在東鶴寺講院長之時　曾使金堂等書之
　　法師今爲頹落道場　一旬展開佛事　法堂復元　境內整備　曾以奉
治金剛戒壇齒牙舍利　已使聞名安心寺　將以更備面貌　可見莊嚴
其大德　孰不景仰

甲午二月十四日

　　전라북도 완주군 운천면에 있는 안심사주지 일연스님이 날 불렀
다. 이는 불사의 일환으로 나에게 일주문현액 〈대둔산안심사〉를
쓰게하기 위해서였다. 그래서 장산거사와 동행하여 스님을 뵈었다.
　　스님은 동국대학교 불교대학 졸업동기인데 훨씬 연장이시다. 십여
년 전 동학사 강원장으로 계실 때 일찍이 〈금당〉등을 쓰게 하였다.
　　스님은 지금 퇴락한 도량을 위하여 십개 성상 불사를 전개하여 법
당을 복원하고 경내를 정비했다. 일찍이 금강계단치아사리를 손질하
여 이미 안심사를 세상에 알렸다. 장차 더욱 면모를 갖추어 장엄을
들어내리니 그 대덕을 누가 우러르지 않으리.

갑오년 2월 14일

復元佛事金堂遂　복원불사 법당이루고
舍利金剛修補兼　금강계단도 보수를 겸하였네
一柱關門懸額掛　일주문에 현액 걸리면
道場將可助莊嚴　장차 도량 장엄을 거들 수 있으려나

群影四人方尋台北

군영회 넷이 대북을 방문하다

予與絶影雨玭瀾濤群影會員四人同行台北 此卽所以遂成漫長所
懷之念願

時在一九八二年壬戌九月起一年間 四人同留而求學 於是 値翌
年癸亥淸明日 登陽明山公園 雨中一遊一觴 而今長途 爲此留念
凡三十一個星霜後 皆爲六旬老客 故懷難禁 快然以尋 其歡喜無
盡 感慨無量 孰能知之

甲午二月二十一日

　절영 우빙 란도 마하 군영회 네 사람이 대북에 동행하였다. 이는
곧 오랜 동안 품고 있던 염원을 마침내 이룬 것이다.

　1982년 임술 9월부터 1년간 넷은 함께 머물면서 배움을 구하였
다. 이때에 이듬해 계해 청명일을 맞아 양명산 공원에 올라 우중에
놀며 술잔 들며 하였다. 오늘의 이 장도는 이 기념을 위해서다. 무릇
서른한 해 이후 모두 60노객이 되어 옛 생각을 금치 못하며 흔쾌히
찾은 것이다. 그 무한한 기쁨과 끝없는 감개를 누가 알 수 있겠는가!

갑오년 2월 21일

游事茫茫回想迹 유학시절 아득한 자취 회상하니
猶如昨日夢中留 마치 어젯밤 꿈속에 머무른 듯하다
滄桑舊變街頭處 상전벽해 옛 길에
陷入追懷相唱酬 옛 기분에 젖어 서로 맞장구 치는구나

方登陽明山公園

드디어 양명산 공원에 오르다

昨日午後 擔卸於敦化北路所在王朝大酒店 經由民生東路所在
史記正宗牛肉麵家 之政治大學隣近 而漫步昔日四人頻繁所會同
堤防 慰藉故懷之餘 喝鐵觀音於張協興茶行 再赴台灣大學 環顧
四周 回想客愁 兼娛晚餐於重順川菜餐廳

今朝 方登陽明山公園 漫遊滄桑之處 春雨瀟瀟 處處花開 恰如
當年風景 萬感交集 何能不飮一杯酒 少焉 訪華岡文化大學 又復
適故宮博物院 參觀而歸

夫苟無往日四人投合 今日友誼 何得如此 又若非同享遊事福分
今日敎分何可營爲哉

二月二十二日

어제 오후 돈화북로에 있는 왕조대반점에 짐을 풀고 민생동로에
있는 '사기정종' 우육면 집을 경유하여 정치대학부근으로 가서 옛날
우리 넷이 자주 모였던 뚝을 한가로이 거닐었다. 옛 생각을 달래는
여가에 '장협흥차행'에서 철관음을 마시고 다시 대만대학으로 가 사
방을 둘러보며 객수를 회상하다가 겸하여 '중순' 천채식당에서 만찬
을 즐겼다.

오늘아침 드디어 양명산 공원에 올라 몽땅 변한 곳을 기분 나는 대
로 노닐었다. 봄비는 내리고 곳곳에 꽃피어 옛날 그날과 꼭 같아 만
감이 교차한다. 어찌 한잔하지 않을 수 있었겠는가! 얼마 있다가 화
강의 문화대학을 방문하였고 다시 또 고궁박물원으로 가 참관하고
돌아왔다.

만일 지난날 넷의 투합이 없었다면 오늘의 우의가 어찌 이같았었겠는가! 또 만약 함께 유학하는 복을 누릴 수 없었다면 오늘의 교수 노릇 어찌 가히 영위했겠으리오!

2월 22일

高園深處臨風上	높은 공원 바람 맞아 오르니
春雨瀟瀟山鳥鳴	봄비는 촉촉하고 산새는 울어옌다
花謝花開生路曲	낯설은 길 굽어있고 꽃은 피고지고
人山人海停車盈	세워둔 차 가득하고 사람은 인산인해
雲煙彌漫恒時樣	안개 자욱 항시의 옛 모습
暴布雷轟昔日聲	폭포굉음 옛날의 그 소리
遊事三旬如昨事	유학한지 서른 해 어제일 같아
難禁憶想不勝情	옛 생각 금할 수 없고 가눌 수 없는 이 마음

見台北新朋　대북의 새로운 벗 만나고

昨日下午六時　絶影之台灣政治大學恩師今司法院副院長蘇永欽
先生爲首　董浩雲前輩及六人同學今律師(洪堯欽　李家慶　張立業
盧騷　常照倫　郭上木)邀請吾四人于信義路與基隆路口所在國貿大
樓33層世貿聯誼社而聚餐　歡談之餘　痛吟大醉

今日午前九時　董李洪郭四人向導　適北海邊　遊於野柳　再之富
基漁港　嘗海鮮　飲白酒　復如附近朱銘雕刻美術館　觀覽無數大作
又向淡水而游　傍晚之際　暫經洪氏之家　於是　兼請于隣近日食店
及啤酒店　而淸醉而歸

兩日始終對其厚誼　不得不驚　今次淸緣　難忘奚疑　固不能不感
動絶影友誼之厚

二月二十三日

어제 오후 6시 절영의 대만정치대학 은사이며 지금 사법원 부원장
인 소영흠 선생을 위시하여 동호운선배 및 지금 변호사(홍요흠 이가
경 장립업 로소 상조륜 곽상목)들이 우리 넷을 기륭로 입구에 있는
국모대루 33층 세무의사에 초청하여 모여 식사하였다. 환담하던 나
머지 실컷 마시고 대취하였다.

오늘 오전 9시 동씨 이씨 홍씨 곽씨 넷이 인도하여 북해변으로 가
야류를 유람하고 다시 부기어항에 가 해물을 먹고 백주를 마셨다. 다
시 부근의 주명조각미술관에 가서 무수한 대작을 관람하고 또 담수
로 향하여 놀았다. 저녁 나절 잠시 홍씨의 집을 들렀다. 이때 아울러
인근의 일식점과 맥주집에 초청하여 취해 돌아왔다.

이틀을 시종 그 후의를 대하면서 놀라지 않을 수 없었다. 이번의
이 청연을 잊지는 못할 것이다. 실로 절영의 우의의 두터움에 감동하
지 않을 수 없었다.

2월 23일

台京朋友皆魁岸	대북 친구 모두 우뚝
一一謙和使自安	하나같이 겸손 온화하여 절로 편케 한다
異域淸緣何可得	이역의 맑은 인연 어찌 가하리
若非群影決成難	군영 모임이 아니고서는 이룰 수 없는 일

台北環顧有感 대북을 둘러본 감회

台北改變　令人自驚　卽街頭巷尾淸潔無比　淡水澄淸是也　果然
殊非往日之陋
　聽道　暗唱街已盡泯云　尋覓酒家亦不容易　苟非所謂小吃區夜市
場及一般食堂　無得喝酒　是以　路邊一無酒店　亦殊非我國到處歡
天喜地
　台灣能變　民夢先進　我國日愈亂七八糟　噫
二月二十四日

　대북이 변모하여 사람을 절로 놀라게 한다. 곧 큰길 골목이 청결하
기 짝이 없고 담수가 맑은 것이 그것이다. 과연 옛날의 누추와 전혀
다르다.
　들자니 사창가가 이미 싹 사라졌다고 한다. 술집을 찾는 것도 쉽지
가 않다. 만약 소위 이르는 먹자골목 야시장과 일반식당이 아니면 술
을 마실 수 없다. 때문에 노변에 주점이란 없어 또한 우리나라의 흥
청망청과도 전혀 다르다.
　대만이 능히 변한 것은 국민들 선진을 꿈꿔서이다. 우리나라는 날
로 더욱 뒤죽박죽이다. 안타깝다.
2월 24일

巷尾綠陰深　골목길 녹음 깊고
街頭大廈岌　큰길 빌딩 우뚝
暗娼眞不見　사창가 볼 수 없고
酒店亦難尋　술집도 찾기 어렵다
疆土爲明淨　강토는 깨끗해졌고
人情同昔今　인정은 여전하다
曾聞言寶島　일찌기 들어본 바 보배로운 섬
眞寶有民心　진정한 보배는 민심에 있었구나

寄群影三友 군영회 세 벗에게

群影吾友瀾濤雨骋絕影三士 今於台北 擔卸而遊多少好呵 我
得末席 遊目騁懷 感慨無盡 雖短四日 而信可樂 兼爲工夫 暫享
淸福
　企望三士 長享健康 旅行萬里 此外何求

甲午二月二十五日 歸國後

　군영 우리친구 란도 우빙 그리고 절영 이번 대북에서 짐 내려놓고
노는 거 얼마나 좋았오! 나도 한 자리 끼어 눈을 놀리고 마음을 달리
면서 감개 무진했다오. 비록 짧은 나흘이었지만 실로 즐거웠고 아울
러 공부도 되어 잠시 청복을 누렸다오.
　세 친구에게 바라노니 건강 오래 지켜 만리여행 합시다. 이밖에 무
엇을 구하겠소.

갑오년 2월 25일 귀국 후

1)

群影吾三友　군영회 나의 세 친구
詩詞少已修　소시적 학문 닦아
淵深加地望　깊어져 지위와 명망
俯仰一無羞　하늘땅에 부끄럼 없네

2)

絕長而補短　장단점 서로 보완하며
四十載相投　마흔 해 의기투합
年貌含微笑　그 나이 그 모습에 미소 머금고
優遊又漫遊　만유하며 절로 유유자적

3)

今次行台北　이번 대북행에
新朋信義由　새 벗들 신의를 보고
方知三益友　이제 익자삼우 알았으니
此外復何求　이밖에 무얼 구하리

4)

須將健體猷　모름지기 장차 건강 꾀하고
牙護久殘留　치아도 오래 보존하고
中聖迷賢久　탁주 청주도 오래 마시면서
無時行外遊　때 없이 여행도 다니세 그려

空蕩校室 텅빈 교실

値以開講　見其二年　出席之簿　登載之者　只有十五　三十八人
過半轉科　又兼休學　由此可見　敝科將來
　今日擧國　棄捐書藝　弊屣已久　生感無望　師知無力　何無傷感
甲午三月五日

　개강을 만나 2학년 출석부를 보니 등록된 사람이 단지 열다섯이
다. 서른 여덟에서 과반은 전과하고 또 휴학을 겸하였다. 이로써 우
리 과의 장래를 가히 볼 수 있다.
　오늘날 거국적으로 서예를 던져버려 헌신짝같이 하기를 오래다.
학생은 희망이 없음을 느끼고 선생은 무력함을 안다. 어찌 애닯은 감
정이 없겠는가!
갑오년 3월 5일

滿座新生何可信　가득한 신입생 어찌 믿으리
徒從實益轉移行　한갓 실익 좇아 옮겨 간다
學科連泯今爲半　서예학과 연이어 사라져 반이 되었고
書塾爭亡已不賡　서예학원 다투어 망해 이을 수 없다
時局文章如弊屣　시국은 글을 헌신짝같이 하고
國人書藝對蔫榮　국민은 서예를 시든 꽃같이 대하였다
無望後日無來日　훗날을 바랄 수 없고 내일도 없기에
初有球村莫在黌　세계 초유의 과가 학교에 있을 수 없다

廢科一順位 페과 1 순위

敝科余金兩敎授 前週金曜 會議參席 見一文件 敝科乃六十六
個科中 廢止一位云

若至八月爲限 不示代案 明年見廢 明若看火 然 按今情勢 決
無長策 哀哉

甲午三月十二日

우리 과 여씨 김씨 두 교수가 전주 금요일 회의에 참석하여 한 문
건을 보았는데 우리 과가 66개 과 중에 폐지 1순위라고 한다.

만약 8월까지 대안을 제시 못하면 내년에 폐지될 것은 불을 보듯
뻔하다. 그러나 오늘의 시국정세로 볼 때 결연코 뾰족한 수가 없다.
슬프다.

갑오년 3월12일

未久吾科敝履捐	머지않아 헌신짝 같이 버려질 우리 과
猶如燈火在風前	풍전등화 같다
一門書藝存無得	서예 일문도 버틸 수 없으니
何得渠文哲史全	어찌 문사철이라고 온전할 수 있으리

盤龜臺巖刻畵浸水之患

반구대 암각화를 걱정하며

今日午後二時 驀焉有以審議盤龜臺巖刻畵可變形透明遮水幕設置件 爲之適德壽宮而參席也

聽道 蔚山廣域市爲食水 而造成堤坊 因之 刻畵沈水反復 而日益毀損 乃權設其遮水幕云云 論難紛紜 是以 不果而漂流 不得不經全體文化財委員會議 而問可否

意者 蔚山市民食水 引洛東江而飮之外 全無方策 若設其幕 不期完璧 又人爲加之於億劫自然 卽爲凶物 眞不知孰是乎

甲午三月十三日

어제 오후 2시 갑자기 반구대 암각화 가변형 투명차수막 설치문제 심의가 있어 이를 위해 덕수궁에 가서 참석하였다.

듣자니 울산광역시가 식수를 위하여 제방을 조성했는데 이로 인하여 암각화가 침수를 반복하여 날로 더욱 훼손된다고 한다. 이에 차수막을 설치하여 방편으로 삼으려 하지만 논란이 분분하여 성과를 이루지 못한 채 표류함으로써 부득불 전체문화재위원회의를 거쳐서 가부를 묻는다고 한다.

생각건대 울산시민이 낙동강을 끌어다 마시는 외에 방법이 없다. 만약 차수막을 설치해도 완벽을 기할 수 없고 또 인위가 억겁의 자연에 가해지면 곧 흉물이 될 것이다. 정말 무엇이 옳은지 모르는 것인가!

갑오년 3월 13일

上古懸崖巖刻畵　상고의 애벽에 있는 암각화
球村至寶孰能疑　지구상의 지보임을 누가 의심하리
今因食水沈浮迷　이제 식수 때문에 부침하는 신세
遮幕空然權道爲　차수막으로 부질없이 방편 삼으려 하는구나

泣思先妣 어머니를 생각하며

今日卽先妣三周忌也　歲在二〇十一辛卯三月十九陰二月十五日 撒手辭世　享年八十有八　慶州崔氏　諱淑姬　公元一九二四年正月 十六日　生乎黃海延白　時年十七　歸吾宣哥　凡七十年間　曾經悲歡 離合　撫養五男一女　克守家勢　淡淡垂老　寂然臨終　神位奉於寧月 地藏寺

嗟夫　寸草不知三春暉恩　時時不孝　令慟慈情　今悔莫及　無可 奈何

甲午三月十四日

　오늘이 어머님 3주기다. 2011년 신묘 3월 19 음력 2월 15일 손 놓고 세상 떠나셨으니 향년 88세셨다. 경주 최씨이며 휘는 숙자희자 시다. 1924년 정월 16일 황해도 연백에서 나셔서 열일곱에 우리 선 가에 시집오셨다. 무릇 70년간 일찌기 비환이합을 경험하시며 5남 1 녀를 키우시다 담담히 노경이 되어 적연히 임종하셨다. 신위는 영월 지장사에 모셨다.

　아! 촌초심으로 삼춘의 햇살 같으신 그 은혜를 알지 못하고 때때로 불효하여 그 마음을 아프게 하였고나. 이제야 후회가 막급이지만 어 찌할 수 없다.

갑오년 3월 14일

慈親辭世已三年　어머니 가신지 이미 삼 년
夢見希求早欲眠　꿈에라도 뵈려고 일찍 잠에 든다
寸草心玆愚業障　촌초심의 이 어리석은 자식놈
焉知輝澤廣無邊　어찌 알았으리오 그지 없는 그 햇살 같으심을

知能手機 不通大亂

스마트폰 불통대란을 겪고

今日傍晚 自六時三十分頃 近六時間 發生通信障碍於SK Tele
com知能手機 凡五百六十萬名 枉經疎通大亂 今此人皆已爲如其
分身然 因之 自會社病院學校家庭 以至路上 日常卽爲參錯
我亦與妻相約十五分後相見某處 恰巧堵車 而相悖岔路 失笑不
禁 於是 只認手機故障而已
嗟夫 所謂文明尖端之通信網 若將以潰亂 則無論不便 卽爲暗
黑天地 可恐可恐

甲午三月二十日

오늘 저녁나절 6시 30분경에서 근 6시간 동안 SK Telecom 스마
트폰에 통신장애가 발생하였다. 무릇 560만 명이 소통대란을 속절없
이 겪었다.

오늘 스마트폰은 이미 분신처럼 되었기에 회사 병원 학교 가정으
로 부터 도로상에 이르기까지 일상이 곧 엉망이 되었다.

나도 처와 15분 후쯤에 어디에서 만나자고 했는데 공교롭게 차가
막혀 길이 엇갈려 실소를 금치 못하였다. 이때 다만 핸드폰의 고장인
줄 알았을 뿐이다.

아! 문명의 첨단의 통신망이 만일이라도 장차 허물어지면 불편은
말할 것도 없고 곧 암담한 천지가 되겠구나. 무섭고도 무섭다.

갑오년 3월 20일

利器焉能信　문명의 이기라고 어찌 믿을까
手機動不通　핸드폰 자칫 불통일 수 있으니
分身然已久　분신처럼 생각하길 이미 오래기에
奔走枉忽忽　분주히 부질없이 총총걸음 하였다네

見騁理事於金九財團　김구재단 이사가 되어

白凡金九先生記念事業協會要請理事職　快以承諾　乃備住民登
錄抄本一通　印鑑證明書就任承諾書各兩通　委任張一通等書類　而
送之

金九先生孫壻此會理事長金昊淵先生　曾從我時時學書　凡三十
年間　不絕連洛

時在一九八九年己巳早春　婚事之時　其所惠一金　嘗爲生理之根
其恩造次不忘　此後　每逢春秋節日　曾以不隔禮物　今日任職雖爲
蚊負　第欲以報恩萬一而已

甲午三月二十一日

백범 김구선생 기념사업협회가 이사직을 요청하여 쾌히 승락하였
다. 이에 주민등록초본 한 통, 인감증명서 취임승락서 각 두통, 위임
장 한통 등의 서류를 갖추어서 보냈다.

김구선생의 손녀사위이며 이 협회의 이사장 김호연 선생은 일찌기
나에게 수시로 글씨를 배웠다. 무릇 30년간 연락이 끊이지 않았다.

1989년 기사 조춘에 결혼할 때 그 베풀어 준 금일봉은 일찌기 내
삶은 근저가 되었다. 그 은혜를 잠시도 잊은 적이 없다. 이후에도 매
년 춘추 명절에 예물을 거르지 않았다. 오늘의 이 직책은 맡음이 비
록 미력한 자가 중임을 맡는 것이지만 다만 만의 하나라도 보은하고
자 할 따름이다.

갑오년 3월 21일

人間雖小惠　사람사이 비록 작은 은혜일지라도
當勿一生諼　일생동안 응당 잊어서는 아니되리
聊以爲蚊負　애오라지 힘 부치는 중임이언만
微塵欲報恩　조금이라도 은혜에 보답하려고

奧巴馬夫人寫永字

오바마 부인이 길영자를 쓰다

美國第一夫人 Mechelle Obama女士 昨日寫永字於中國北京
師範大學第二部屬中學校 夫其書藝學習參觀之餘 卽席而學之 中
國令夫人彭麗媛女士及學生群留心以觀其中寫之 且置工拙 其試
墨之勇 嘉尙而已 尤其彭女士導之於習字之處 而使試之 更爲佩
服 此乃於我國 不可想像之事 誠欽羨無盡 感激亦無已

甲午三月二十二日

　　미국의 영부인 미셸 오바마여사가 어제 중국 북경사범대학 제2부
속중학교에서‘永’자를 썼다. 서예학습 참관하던 나머지 자리에 나아
가 배워가지고 중국의 영부인 펑려원여사와 학생들이 유심히 보는
가운데 쓴 것이다. 공졸은 우선 놓아두고라도 그 시도의 용기가 가상
할 뿐이다. 더우기 팽 여사가 글씨 연습하는 곳으로 안내하여 쓰게
한 것은 더욱 탄복스럽다.

　　이는 곧 우리나라에서는 상상도 못할 일이기에 실로 부럽기 그지
없고 감격 또한 그만 둘 수 없다.

갑오년 3월 22일

强國夫人相會處	최강국 두 부인 모인 곳에
師生得意自怡怡	스승학생 득의하여 절로 즐겁다
莫名其妙驚心事	무어라 이름 할 수 없는 놀랄 일은
向導於庠臨硯池	학교에 안내하여 글씨 쓰게 함이어라

早發百花 일찍 핀 꽃

年年之春 開花有序 今春早炎 梅茱以後 杜鵑迎春 白紫木蓮
杏櫻桃李 春柏等等 同時發蕚 曾不見之 百花齊放 此之謂乎
　嗟夫 以異常之候 一見萬花 眼福無盡 而春奔去 轉瞬之間 以
迎新綠 至夫秋節 楓早染乎

甲午四月一日

　해마다의 봄에 꽃 피는 차서가 있는데 올봄은 일찍 온 더위로 매화
와 산수유가 먼저 핀 이후 진달래 개나리 백목련 자목련 살구꽃 벗꽃
복사꽃 자두꽃 동백 등등이 동시에 피었다. 이는 일찌기 보지 못한
모습이다. 백화제방이 이를 이르는 것인가!
　아! 이상기후로 인해 일시에 온 꽃을 볼 수 있어 안복은 그지 없
지만 이 봄이 얼른 가버리면 눈 깜박할 새 신록을 맞겠구나. 저 가을
이 되면 단풍도 빨리 들 것인가?

갑오년 4월 1일

百花齊放年年見　백화제방을 해마다 보았지만
不見紅黃莫後先　붉고 노란 꽃들 선후가 없는 해 못 보았네
時節殊常初夏似　시절도 하수상 초여름 같은데
明年是日異今年　내년 오늘은 금년과 다르려나

迎土曜淸明節 토요 청명절을 맞아

向來 以淸明節爲植木日 而定公休 自二00六年 廢止公休 是以群影四人 所行游之年例行事亦爲所輟之焉 今年淸明 適逢土曜 何以失其好機哉

向者 四人常會于泰陵三淸仁寺 今次定龍仁民俗村 此地乃絕影島主所居住地隣近故也 於是 雨鴻放士不參 加之海心女士 環顧百花齊放民俗村 是以滿喫春光

登陽明山公園 己有三十載 人人白髮 添色紅花 置酒而飮 豈徒然乎

甲午四月五日

줄곧 청명절을 식목일로 삼아 공휴일로 정했다가 2006년부터 공휴일을 폐지하였다. 이 때문에 군영회 넷이 놀던 바의 연례행사 역시 그만 둔 바가 되었다. 올해 청명일이 마침 토요일을 만났다. 어찌 호기를 놓칠까보냐!

전날 넷은 항상 태릉 삼청동 인사동에서 만났다. 이번 차에는 용인 민속촌으로 정하였다. 이곳이 절영도주가 사는 곳과 가깝기 때문이었다. 이때에 우빙방사는 불참하였고 해심여사를 더하여 백화제방의 민속촌을 둘러보며 봄 풍경을 만끽하였다.

양명산 공원에 오른 지 이미 30년. 저마다의 백발이 붉은 꽃에 색을 더한다. 술자리 벌이고 한 잔 하는 것이 어찌 공연한 일이겠는가!

갑오년 4월 5일

年年植木公休日　해마다의 식목 공휴일
廢後多年輪値番　폐지 후 여러 해 만에 돌아왔다
難遇好機虛失去　만나기 어려운 기회 헛되이 놓쳐
奈何能負杏花村　어찌 행화촌을 저버릴 수 있으리

受廢科通報 폐과 통보를 받고

今日下午　忽聞廢科通報於教務處　夫其理由則新生及在學生充
員未達也
　時在一九八九年設科後凡二十五年　終見廢矣 從明年起 不受新
生 其殘餘學生畢之幾年後 卽無痕跡 夫有漫長之間用功之某些弟
子 深感內疚 然 今日斯文 掃地如此 忽視書藝 甚極之際 而其沛
然 孰能禦之

甲午四月九日

　오늘 오후 문득 교무처에서 폐과 통보를 들었다. 그 이유인즉 신입
생과 재학생의 충원 미달이다.
　1989년 설과 이후 25년 만에 마침내 폐지되었다. 내년부터 신입
생을 받지 않으며 잔여학생들이 마치는 수 년 후엔 흔적이 없어진다.
저 오랫동안 공부해 온 몇몇 제자들이 있어 깊이 내심 부끄러움을 느
낀다. 그러나 오늘날 문화가 쇠퇴함이 이와 같고 서예를 홀시함이 심
극한 이때에 그 세찬 물결을 누가 막을 수 있겠는가!

갑오년 4월 9일

茫然見廢休　망연히 폐과를 만나
愧怍枉低頭　부끄러워 고개 떨군다
掃地斯文際　문화가 쇠퇴한 이 때에
敎回孰可謀　돌이킴을 누구라 꾀할 수 있으리

方爲廢科 바야흐로 폐과가 되다

今日下午 敎務處長梁汶承敎授親訪敝科 當本月十四日 告於敎育部 則爲休矣 將以善引殘餘學生凡七年間云云而歸 然 其七年間云云不過實三年餘 奈何奈何

嗚呼 書藝一門 莫存乎大學之世也 生在於此 何不嘆哉 其復元之兆 幾無乎一端之望 深慙無已 慘鬱之心 何可銷之

甲午四月十日

오늘 오후 교무처장 양문승 교수가 친히 우리 과를 방문하여 "이달 14일을 당해서 교육부에 보고하면 끝나는 것이니 장차 잔여학생을 7년간 잘 이끌라"고 이르고 돌아갔다. 그러나 그 7년간이 실제로는 불과 3년여이다. 어찌할꼬! 어찌할꼬!

오호라! 서예일문도 대학에 있을 수 없다. 이 나라에 나서 사는 것을 탄식하지 않을 수 있겠는가! 그 복원이 한 가닥의 희망도 없기에 부끄러움을 그만둘 수 없다. 그 참담한 마음을 어찌 가히 삭히리!

갑오년 4월 10일

1)

充員無得故爲辭	충원미달의 이유가 구실이 되어
一系希疎見廢爲	희유의 과가 폐과를 당했다
自命書家何不嘆	서가를 자처해온 것 어찌 탄식하지 않으리
斯文掃地盡之時	선비가 땅에 떨어진 이때에

2)

臨池東亞疎通路	글씨는 동 아시아의 소통의 길
相互談心促膝端	마음 나누고 무릎을 맞댈 수 있는 단서
嚆矢球村虛見廢	지구촌의 효시가 폐과를 당하다니
於玆一國水平看	이에서 이 나라의 수준을 보는구나

昊延開咖啡店 　호연이가 커피점을 열다

昊延畢圓光大國文學科 近一年間 打工於咖啡店 遂親開店於南
大門路 名曰 咖啡尼 此連鎖店中其一也
年二十五 敢入商路 憂心重重 然 萬事成就 只在于勤 觀望而已
甲午四月十二日

　호연이가 원광대 국문과를 마치고 근 일 년간 커피점에서 아르바
이트를 하다가 드디어는 남대문로에 개점하였다. 이름하여 '커피니'
인데 이는 연쇄점 중 그 하나이다.
　올해 나이 스물다섯 감히 상업의 길에 들어 걱정이 태산이다. 그러
나 만사의 성취는 오직 근면함에 있기에 관망해 볼 따름이다.
갑오년 4월 12일

娑婆生理營　사바세계에서 삶을 꾸려나가는 것
事事恰相爭　일마다 흡사 전쟁터 같다
成敗尋常事　성패는 늘 있는 일
年輕適敢行　젊었을 때가 감행할 적시

世越號游艇沈沒 세월호 유람선 침몰

本月十六日早晨 世越號遊覽船沈沒於珍島近海 是以 檀園高二
年生爲示 幾百人命見錮船內 其不脫者 一無救出 猝爲擧國之弔
又爲人所公憤

聽道 船長及船員十五人 于先脫出於乘客 又海警等各界海運安
全從事者 慇滯而旁觀 因之 乃爲桑落瓦解之境云

此爲球村所譏議 夫以國民一人 愧慙無盡

今己近一旬 其屍身不拾 尙近二百 痛惜無已 亦不知何時終結
甲午四月二十四日

이달 16일 이른 아침 세월호 유람선이 진도 근해에 침몰하였다.
이 때문에 단원고 2학년 학생들을 위시하여 수백의 인명이 배 안에
갇혔다. 그 벗어나지 못한 사람을 하나도 구출하지 못하여 졸연 거국
적인 아픔이 되었고 또 사람의 공분을 샀다.

들건대 선장 및 선원 열다섯이 승객보다 먼저 탈주하였고 또 해경
등 각계의 해운종사자들이 연체하고 방관하여 이 때문에 수습불능의
사태에 이르렀다고 한다.

지구촌의 비웃음이 되었기에 국민의 한 사람으로서 부끄럽기 그지
없다.

오늘 이미 열흘에 가깝지만 그 시신을 수습하지 못한 것이 아직도
200에 달한다. 통석을 그만둘 수 없다. 또한 언제나 종결될지 알 수
도 없다.

갑오년 4월 24일

徐沈游艇莫令浮　서서히 가라앉는 배 건질 수는 없고
只望靑天急海流　다만 푸른 하늘과 급한 해류만 바라보았네
船長旅人捐脫走　선장은 승객 버리고 탈주했어도
敎師弟子救遺留　스승은 제자 구하려 남아있었네
擧民公憤爲虛歎　온 백성 공분하고 공허함의 탄식 되었고
萬國咸驚作笑由　온 나라 모두 놀라고 비웃음의 연유되었네
忽錮芳年憐叫喚　갑자기 간혀버린 청춘들 울부짖음 가여워
旣成自愧揖低頭　자괴의 어른들 읍하고 고개 떨구었다네

游邊山　변산에서 놀다

壇園高二年生三二五名外　世越號搭乘者共四七六名中　生存者
僅有一七二名　一旬收拾屍身　而其失踪者尙有百餘　乃爲擧國所哀
悼局面

去年末　與八一紫香會會長李廷壬外具玉滋金泳姬林秉美宋炅姬
宋又喜廉聖信禹鍾洙鄭繡緣等九人　相約邊山遊覽　昨日卽其約束
之日　夫雖擧國悲歎之中　而不得棄之　是以　先會于圓大校庭　之邊
山圓大臨海修練院　定宿所　少焉　沿海邊道路　徒步兩時間　到格浦
環顧彩石江一帶

今朝　復向禪雲寺　會節候不順　春柏垂謝　落花紅姿　恰似今日　水
中芳年然　不禁哀傷　歸路次　尋春長臺　中食後　唱牧丹冬柏歌而歸

甲午四月二十七日

단원고 2년생 325명외 세월호 탑승자 476명 가운데 생존자는 겨
우 172명이다. 열흘간 시신을 수습했지만 실종자가 아직도 백여 명
이어서 이에 거국이 애도하는 국면이 되었다.

지난 해 말 '81자향회'회장 이정임외 구옥자 김영희 임병미 송경희
송우희 염성신 우종수 정수연 등 아홉 사람과 변산 유람을 약속하였
다. 어제가 곧 그 약속 날이다. 무릇 비록 거국적인 비탄 속이었지만
약속을 파기할 수 없었다. 그래서 먼저 원대교정에서 만나 변산 원대
임해수련원으로 가서 숙소를 정하고 얼마 있다가 해변도로를 따라
두 시간을 걸어서 격포에 이르러 채석강 일대를 둘러보았다.

오늘 아침 다시 선운사로 향했는데 마침 절후가 이상한지라 춘백
이 거의 져 붉은 낙화의 모양이 흡사 지금 물속에 있는 청춘 같아 슬
픔을 금할 수 없었다. 귀로 차에 춘장대를 찾았다가 중식 후 모란동
백노래를 부르면서 돌아왔다.

갑오년 4월 27일

花謝滿邊山	꽃은 져 변산에 가득하고
人潛海水間	청춘은 바닷물 속에 잠겼어라
賞春何得樂	상춘인들 어찌 즐거웠으리오
悲嘆使人潸	비탄이 눈물만 흐르게 했다오

殘忍四月 잔인한 사월

夫誰謂之四月殘忍 今月九日 廢科而後 連日示威 雜音不絕 於
十六日 世越顚覆 値兩慘傷 不知四月 何以過之 四月卽殘忍之月
云云 固非虛言也

甲午四月三十日

　누가 말했던가 사월을 잔인하다고! 이번 달 9일 날 우리 과가 폐과
이후 연일 시위에 잡음이 끊이지 않고 16일 날에는 세월호가 전복하
였다. 그 둘의 큰 참사를 만나 4월이 어떻게 지나갔는지도 모르겠다.
사월은 잔인한 달이라고 하는 말이 실로 허언이 아니다.

갑오년 4월 30일

芳年潛海水　꽃다운 나이들 바닷물에 잠겨있고
科廢鬧紛連　우리 과 폐지되어 시끌벅적 이어진다
四月令人慘　사월은 사람을 참담케 하는구나
云云詎左然　잔인하다는 말을 증좌라도 하듯이

開手機人文講義　헌드폰 인문강의를 열고

前者 與祥明女大81紫香八人遊邊山 此後 其中林秉美女士 建
議手機日日人文講義 諾而施之 今日爲其七日次 我雖不敏 藉此
卷舒古典 卽爲予之做工 何可辭之哉

甲午五月六日

　전날 상명여대 '81자향회' 여덟 사람과 변산에서 놀았는데 이후 그
중의 임병미여사가 핸드폰 일일 인문강의를 건의하여 승낙하고 시행
하고 있다. 오늘이 7일차이다. 내 비록 불민하지만 이를 구실로 고전
을 펼치면 곧 공부가 되리니 하필 사양하겠는가!

갑오년 5월 6일

手機何易人文講	핸드폰으로 인문강의가 어찌 쉬우랴만
不揆粗糙冒決行	서툼을 헤아리지 않고 결행하였다
可使疎通相晩節	만절을 서로 소통케 하고
藉玆日日卷舒膚	이를 구실로 매일 책 펼침 있으리라

可笑韓國 웃기는 한국

世越號船長爲首 船員共十五人 放棄乘客 先脫覆船 經二旬今
日 生存者一七二名 死亡者二六四名 失踪者四十名 其犧牲者多
爲檀園高二年生 學生搭乘者三二九名中 七五名外 非已死亡 或
爲失踪 令人失色 不勝心火

因之 全國內所設合同焚香所 弔問者已過百萬 是以 我國之名
譽失墜莫大 蓋擧民方知大韓民國之水準 又恐悉其雜亂無章若亂
七八糟

固經此不料之慘事 而不得匡社會底層之非 則必將墜落於三等
國家 明若看火

甲午五月七日

세월호 선장을 필두로 선원 열다섯 모두가 승객을 버려두고 먼저
엎어진 배를 벗어났다. 20일이 지난 지금 생존자는 172명 사망자
264명 실종자 40명인데 그 희생자는 대부분 단원고 2학년 학생들이
다. 학생 탑승자 329명중 75명 외에 이미 사망하지 않았으면 혹 실
종되어 아연실색케 하며 화를 이길 수 없다.

때문에 전국내 설치된 합동분향소에 조문자가 이미 백만이 넘었
다. 이로써 우리나라의 명예실추가 막대하다. 아마도 모든 국민들이
대한민국의 수준을 바야흐로 감지했을 것이다. 또 아마 그 뒤죽박죽
과 엉망진창을 알았을 것이다.

진실로 의외의 참사를 낸 것을 경험하고도 사회저변의 잘못을 바
로잡지 못한다면 반드시 장차 3등 국가로 추락할 것이 불을 보듯 뻔
하다.

갑오년 5월 7일

1)

十五船員天職人　열다섯 선원은 천직의 사람들
而觀人命一朝塵　인명 보기를 그 날 아침 티끌 보듯 하였는가
何須黑白關於此　어찌 잘잘못이 이에만 관계될까
到處基層胡亂因　도처의 사회계층이 엉망이기 때문인 걸

2)

遭難對應常識負　조난 대응에 상식을 져버렸기에
球村方見我蹣跚　세계가 바야흐로 우리의 비틀댐을 보았네
何須海警船員誤　하필 해경과 선원만 잘못이랴
上下相間每一般　위아래 할 것 없이 모두 다 똑같은 것을

證道歌字 증도가 활자

證道歌字問世於2010年 已經四年 然 今猶眞僞論難紛紜

前月 朴相國先輩以論難拂拭之計 欲取其課題於文化財廳 囑我
同參 乃不得不諾

是以 數日間 苦求所有關資料 河丁博士以添其一員 三日間 完
成題出資料 而送之 於是 我不能撫電腦 使河丁全擔 歎意無垠

夫若將以實證而得辨其眞 則所以提早我國金屬活字歷史一三八
年於直指 而不知其實現可能否

甲午五月十二日

증도가자가 2010년에 세상에 알려진지 이미 네 해다. 그러나 오늘
도 아직 진위의 논란이 분분하다.

전달에 박상국선배가 논란을 불식시킬 계책을 가지고 문화재청에
서 그 과제를 따고자 함에 나의 동참을 부탁하기에 부득불 승락하
였다.

이로써 몇 날을 유관된 자료를 어렵사리 얻어가지고 하정박사를
그 일원으로 더하여 사흘간 제출 자료를 완성하여 보냈다. 이때 나는
컴맹이어서 하정에게 전담케 하였기 면구하기 그지 없다.

만약 장차 실증으로써 그 진가를 변별해 낸다면 우리나라의 금속
활자역사를 가히 직지보다 138년을 끌어 올리는 것이다. 그러나 그
실현이 가능할 것인지는 잘 모르겠다.

갑오년 5월 12일

永嘉證道竟爲歌　영가스님 증도를 노래하여
譽此娑婆鑄字挈　이를 기려 금속활자 만들었네
不證居先於直指　직지보다 먼저 있음 증명하지 못하면
百年提早枉蹉跎　백 년을 끌어 올리는 일 헛되리

一波萬波 일파만파

敝科見廢 已過朞月 還不息學生公憤 竟至師生間對話不通之況
嗟夫 夫其復元不能 旣定之事 而同門及在學生間 或有以所信
其回復尚存之者 事愈相悖

維有一學生 觀望久矣 遂以聲吐敎授 書藝科更生 敎授自決等
句 以擘窠大字塗複道之壁 又澆墨通路及玄關 爲人所驚 二年生
亦其不信敎授若授業拒否之大字報寫而貼於敎室門頂 此一波萬波
彼莫無可奈 那得定之也

甲午五月十三日

우리 과가 폐과를 당하고 이미 한 달이 지났지만 오히려 학생들
공분은 식지를 않는다. 마침내 사생 간 대화가 불통하는 정황에 이
르렀다.

아! 그 복원의 불능은 기정사실인데 동문들과 재학생 간에 혹 그
회복이 아직 존재한다고 믿는 사람들이 있어 일이 더욱 꼬인다.

한 학생이 관망하기를 오래다가 마침내 교수를 성토하고 "서예과를
살려내라" "교수는 자결하라" 등의 문구를 복도의 벽에 큰 글자로 쓰
고 또 통로와 현관에 먹즙을 부어버려 사람들이 놀라는 바가 되었다.
2학년생들도 교수를 불신한다는 것과 수업거부의 대자보를 교실 문
위에 써 붙였다. 이 일파만파와 저 막무가내를 어찌 잠재울는지.

갑오년 5월 13일

遊藝無常書藝輕　유어예 무상하고 서예 가벼이 하던 차에
推移不逆廢科迎　추이를 거역치 못하고 폐과를 맞았다
斯文掃地工人冠　문화는 땅에 떨어지고 쟁이가 으뜸
君子從容鰍生橫　군자는 조용한데 소인배는 날뛴다
弟已無知何敬意　제자 이미 무엇이 경의인지 모르고
生初不解孰操行　학생 애당초 무엇이 조행인지 이해 못 한다
無能說服諸君憤　제군들의 분노를 설복할 수 없는 이 몸
慙愧苟延虛挂名　구차히 교직에 이름 걸고 있는 것 부끄럽다

冒行一人示威 일인 시위를 무릅쓰다

今朝一年生晚學徒德山堂勸諭 而行一人示威 於是 寫學生諸君
請自今用功之文句於牌子 坐於玄關凡三時間 諸生見之 即解授業
拒否
夫雖值閉門之慘 而決不得廢功 或有非難之者 吾之所信如此
何不冒行之哉

甲午五月十四日

오늘 아침 일학년 만학도 덕산당이 권유하여 일인시위를 행하였다.
이때 "학생들이여 이제부터는 공부하자"는 문구를 팻말에 써가지
고 현관에 세 시간을 앉아있었다. 학생들이 보고 곧 수업거부를 해제
하였다.
비록 폐문의 참상을 만났지만 공부는 방치할 수 없다. 혹 비난이
있을지라도 소신이 이 같은데 어찌 감행하지 않을 수 있었겠는가!

갑오년 5월 14일

孤單冒示威 홀로 시위 무릅씀은
惟爲勸孜孜 오직 공부를 권하기 위해서
勉學無間隙 면학은 간극이 없어야 하니
躊躇何謂師 주저한다면 어찌 스승이라 이르리

歌詞奇中 가사가 꼭 들어맞아

世有牧丹冬柏一曲 其二節歌詞中日 世上風吹 而空顚頓 我在
何海 一流浪 一飄游 定於何處 白沙之瀉 或寂寞 或沉靜 將爲所
眠 至於明春 再開冬柏 幸勿忘我

此詞與今世越號慘事 奇以中之 蓋如作詞家曾豫知然 苟信此詞
世越號件 應至明年春 方終止也歟

甲午五月十六日

세간에 〈모란동백〉이란 노래가 있다. 그 2절의 가사 중에 아래
와 같이 썼다. "세상은 바람 불고 덧없어라 나 어느 바다에 떠돌다
떠돌다 어느 모랫벌에 외로이 외로이 잠든다 해도 또 한 번 동백이
필 때까지 나를 잊지 말아요"

이 가사가 지금의 세월호 참사와 이상하게 들어맞는다. 대개 마치
작사가가 일찍이 예지한 것 같다. 만약 가사를 믿는다면 응당 세월호
건은 내년 봄이나 되어야 바야흐로 종지부를 찍을 것이다.

갑오년 5월 16일

念念誠難辨	생각해도 생각해도 따질 수 없고
聞聞更可疑	듣고 들어도 더욱 의심만 간다
世越渠慘變	세월호 참변으로
人鬼同泣時	사람 귀신 같이 울 때에
不歸魂魄事	돌아올 수 없는 혼백의 일
奇中一歌詞	한 가사에 그대로 들어있다

望辨眞僞 진위의 변별을 바라며

曩者　因以朴相國先輩所囑托　而有以所提出證道歌字研究計劃
書於文化財廳　纔入次席而脫落　乃失之以辨其眞假之會　然　苟按
現文化財委員　寧爲天幸
　大抵國策之事　非我何哉　但望將證其眞僞而已

甲午五月二八日

　접때 박상국선배가 부탁한 바로 인하여 증도가자 연구계획서를 문
화재청에 제출한바 있다. 겨우 차석에 들어 탈락하였기에 진위를 변
론할 기회를 잃었다. 그러나 진실로 현 문화재위원임을 감안하면 차
라리 천행이다.
　대저 국책의 일 내가 아니면 어떠랴! 다만 장차 그 진위가 증명되
기를 바랄 뿐이다.

갑오년 5월 28일

1)

證道歌金字	증도가 금속활자
明眞値好機	진실을 밝힐 좋은 기회
一匡書誌史	서지의 역사를 한 번 바로 하면
應所記功非	응당 공을 기록할 바 아니겠는가

2)

國策希成事	국책으로 성사를 바라지만
私心毫末非	사심은 털끝 만큼도 안되리
機緣終一會	기회는 끝내 한 번
難望有幾微	그 기미 있기를 바라기 어려워라

人命事故王國 인명사고 왕국

夫十六人犧牲者尚在海水世越號 這間連日 二十一名 死亡於長
城某療養病院 又八名窒息死於高陽綜合客站火災 尤其所以世界
第一交通事故之污名及自殺者加之每日 可謂人命事故王國也

嗟夫 凡五十二年後再值炎夏彷彿之五月 人自惱火 日日一無好
消息

甲午五月三十日

저 열여섯의 희생자가 아직도 바닷물 세월호에 있는데 저간에 연
일 스물한명이 장성 모 요양병원에서 숨지고 여덟 명이 고양종합터
미널 화재에서 질식사 했다. 더욱이 세계 제일의 오명으로써의 바인
교통사고자와 자살자가 매일 더해진다. 가히 인명사고의 왕국이라고
이를만하다.

아! 52년 만에 다시 찌는 듯한 여름 방불한 5월을 만나 사람 절로
짜증나는데 날마다 좋은 소식은 하나도 없다.

갑오년 5월 30일

魚米鄕求迷夢久	잘 사는 나라 바란지 오래
網常不在可憐民	삼강오륜 없는 가련한 백성
無時到處催人命	때 없이 도처에서 인명을 최촉한다
我國何難保一身	어째서 이나라 한 몸뚱이 보존키도 어려운가

連死潛水師 이어지는 잠수사의 죽음

上月十六日 世越號沈沒以後 今月六日 五十代民間潛水師李某
氏 喪命於救助活動之中 昨日又死四十代李某氏 今日二人亦然
令人悲痛
　然 其事故總責任者俞炳彦會長 避法網而逃走 其長子亦然 次
子若兩女息在海外 凌侮法網 爲人所嫌
　嗚呼 一家私慾 使世鬧喧極矣

甲午五月三十一日

　지난 달 16일 세월호 침몰 이후 이번 달 6일 50대 민간 잠수사
이모씨가 구조 활동 중에 숨졌고 어제 또 40대 이모씨가 갔다. 오늘
또 두 사람이 그리 되어 사람을 비통케 한다.
　그러나 이 사고의 총책인 유병언회장은 법망을 피해 도주하였다.
그 장자도 그러하고 차자와 두 딸은 해외에 있어 법망을 능멸하여 사
람들에게 미움을 산다.
　아! 한 가문의 사욕이 세상을 시끄럽게도 하는구나!

갑오년 5월 31일

三百妙齡歸寂久	삼백의 묘령들 떠난 지 오래
失踪尙在使吁唉	실종자 아직도 있어 탄식케 한다
潛師殞命添哀切	잠수사도 떠나 애절함 더하누나
終止何時斯惡災	이 악재는 언제나 끝날까

無名草有感 무명초 유감

自早春 以至於今 奇花異草無盡於山野 行步動輒止焉 而不識
其名者頗多也 我獨不知乎

夫地不長無名之草 天不生無祿之人云爾 然 北韓非洲等地 餓
死常存 我國處處尙存 乃爲惙惙之資 此言無祿之人在焉 豈有
此理

甲午六月四日

이른 봄부터 지금까지 기이한 꽃 이상한 풀이 산야에 가득하다. 걸
음을 번번이 멈추게 하는데 그 이름을 알지 못하는 것들이 매우 많
다. 나만 유독 모르는 것인가?

무릇 땅은 이름 없는 풀을 기르지 않으며 하늘은 녹 없는 사람을
낳지 않는다고 이같이 이른다. 그렇지만 북한이나 아프리카 등지에
서 아사자가 늘 있다. 우리나라 곳곳에도 아직 있어 걱정거리가 된
다. 이는 먹고 살지 못할 사람도 있다는 것을 말함이다. 어찌 이러한
이치가 있단 말인가!

갑오년 6월 4일

山河還在無名草	산하에는 오히려 무명초 있어도
天下無人無有名	천하에 이름 있지 않은 사람은 없다
凡草無聲無處長	무명초 소리 없이 어디서나 자라건만
老天無祿柰何生	하늘은 어찌 녹 없는 사람을 낳는 건지

地方選擧開票後 지방선거 개표 후어

昨日投票於全國 夜闌開票 而出結果 評者言與野無勝負

此選擧初爲與黨所壓勝 而世越慘事而後 政府對處未恰 再爲野
黨所有利 然 於國民一角 欲以勖勉大統領國家改造意志 又於反
面欲以支持野黨刻意求新 而導出此結果 人人謂國民判斷妙絶

然 嶺湖南及左右對立 毫無異前 令人慨嘆

夫其槪況而言 市郡區議長選擧 與黨以一一七對八十勝之 而完
敗於首都圈 市道知事選擧 野黨九對八以勝之 特以其十七個市都
敎育監當選者中 進步占有十二

今不識此後政局何之 唯願有以所成熟於無能兩黨政治而已

甲午六月五日

어제 전국에서 투표하고 밤새도록 개표하여 결과가 나왔다. 평자
들은 여야무승부라 말한다.

이 선거는 애당초 여당이 압승할 것인데 세월호 참사 이후 정부의
대처가 미흡하여 다시 야당이 유리한 바가 되었다. 그런데 국민 일각
에서 대통령의 국가개조의지를 북돋고자 하고 또 다른 일면에서는
야당의 혁신에 진력함을 지지하고자 하여 이 결과가 도출되었다. 사
람마다 국민의 판단이 절묘하다고 이른다. 그렇지만 영호남 및 좌우
의 대립이 전과 조금도 다름 없어 개탄케 한다.

그 개황을 이르자면 시군구의 의장선거는 여당이 117대 80으로 이겼지만 수도권에서 완패하였고 시도지사 선거는 야당이 9대 8로 이겼다. 특히 17개 시도교육감 당선자 중에는 진보가 12를 점유하였다.

이제 차후의 정국이 어디로 갈지 모르겠다. 다만 무능한 양당정치에서 성숙함이 있기를 바랄 뿐이다.

갑오년 6월 5일

君不見	그대는 보지 못 하였는가
相隔嶺湖左右分	영호남이 서로 격지고 좌우로 나뉜 것을
選多進步父兄群	그리고 진보교육감 뽑은 부형들을
君知哉	그대는 이미 알았으리
求新與野無相別	새것을 추구한다는 여야 다를것이 없는 것을
不識民聲側耳聞	그리고 국민의 소리를 귀담아 들을지 모른다는 것을

過奉先寺 봉선사를 지나며

昨日 與瀾濤先生及海心蓮心兩女士 過古毛里次 入奉先寺境內
　於是 中食兼酒 猶有醉氣 不得參堂 只環視一柱門內荷花池及
浮屠塔址 藉以回想耘虛滿虛雲耕月陀四師及家弟無不之餘 而拍
照四十二年前壬子五月所書重創大施主功德小碑若奉先寺重創碑
後側面所書施主名單而歸

甲午六月四日

어제 란도선생 그리고 해심 연심 두 여사와 고모리를 지나는 차에 봉선사 경내에 들어갔다.

이때에 중식에 술을 곁들여 아직 취기가 있어 법당엔 참배하지 못하고 다만 일주문내 연꽃 핀 못과 부도 탑지를 둘러보았다. 이를 빌려 운허 만허 운경 월타 네 분 스님과 무불을 회상하는 여가에 42년 전 임자 5월에 쓴 중창대시주공덕소비와 봉선사 중창비의 뒷면과 측면에 쓴 시주명단을 사진 찍고 돌아왔다.

갑오년 6월 4일

巍巍一柱門新立　우뚝히 일주문 새로 세워졌고
境內荷塘賞客多　경내의 연꽃 못에 구경꾼 많다
四座綠陰山鳥止　사방 녹음엔 산새 머물고
三池泥土水蓮和　세 못 진흙엔 수련 평화롭다
宗師高德浮屠寂　종사의 고덕은 부도에 적막하고
老姥施恩金殿峨　노 보살 베푼 은공 법당은 높다랗다
亡弟墨磨回想處　떠난 동생 먹 갈던 일 회상하는 곳에
對看舊迹愴然何　나의 옛 필적 보는 창연함은 왜일까

再到杭州 다시 항주에 가다

今日下午四時 有浙江大學中國藝術研究所若敝科大學院間書畫
交流展 而帶同講師韓少尹博士博士班生金炫廷鄭銀淑金蓮張克碩
士班生崔順福學部生柳善美等七人 午後二時半頃到杭州
　時卽初夏 柳葉桃花 滿開路邊 薰風飄來 花香彌漫 心自灑落
蹔以不聽國校消息 心輕步輕

甲午六月十三日

　오늘 오후 4시에 절강대학교 중국예술연구소와 우리 과 대학원간
서화교류전이 있어 강사 한소윤박사 박사생 김현정 정은숙 김련 장
극 석사반생 최순복 학부생 류선미 등 일곱 사람을 대동하고 오후 2
시 반에 항주에 도착하였다.
　때는 초하라 유엽도화가 도로변에 만개하였다. 훈풍이 불어와 꽃
향기 가득하여 마음이 절로 쇄락하다. 잠시나마 국내 교내의 소식이
안 들려 마음도 걸음도 가볍다.

갑오년 6월 13일

機窓雲海碧空盈	하늘에 구름바다 창가에 가득터니
柳葉桃花滿地榮	유엽도화 천지에 피었다
暫忘煩愁消息處	잠시 근심어린 소식 잊은 곳에
自輕行步轉心輕	행보도 마음도 가볍기만 하다

剪彩及晚餐 오픈과 만찬

昨日上午四時 兩校出品者會于浙江大學西溪美術館 陳所長振
濂敎授宣言剪彩典禮 金曉明副所長及我各各致辭焉
此師生間交流 初有成事 可以永垂於書史 都是陳敎授關心之下
林如鄭善珠兩博士所從之功
於是 雙方對面 彼生皆年輕 我生俱中年 相差確然 是亦爲之一
眞風景 聽道 中側諸生 期待相交 年差二十 頗爲憾事 剪彩後 再
會食堂 乾杯之餘 相晤近況 一欣然一凄然 此罕見之展 續開難望
嗟夫

六月十四日

어제 상오 4시에 양교의 출품자가 절강대학세계미술관에 모여 진
소장 진렴교수가 오픈선언을 하고 김효행 부소장과 내가 각각 축사
하였다.

이 사생간의 교류는 처음 있는 성사로서 가히 서예사에 남을 것이
다. 모두 진교수의 관심 하에 임여와 정선주 두 박사가 종사한 공이
다.

이때에 쌍방이 대면했는데 저쪽은 젊고 우리는 모두 중년이라 차
이가 확연하였다. 이 또한 하나의 진풍경이 되었다. 듣건대 중국의
모든 학생들은 서로 사귐을 기대했는데 나이차가 스무 살이라 자못
유감으로 여겼다고 한다. 오픈 후 다시 식당에 모여 건배하던 나머지
에 근황을 서로 이야기 하였다. 기쁘기도 하고 처연하기도 하였다.
이 드문 전시회가 속개를 바랄 수 없다. 애석하다.

6월 14일

1)

壁廣頂棚高大館　너른 벽 높은 천장 큰 전시관에
四周大小畵書和　크고 작은 그림 글씨 조화롭다
年輕中老看相別　젊은이 중년 보이는 서로의 차이
腼腆非無是奈何　쑥스러움 없지 않으니 이 어찌하나

2)

盛饌珍饈香味滿　진수성찬 향내 가득
相逢雖短晤言長　만남은 짧지만 말은 길어라
方興未艾怡怡處　한창인 중국서예 즐거운 곳에
見廢師生哀暫忘　폐과 당한 스승제자 슬픔을 잊었다네

游舟西子湖　서호에 배타고

一行從如藍象白夫婦　著名食堂爲始　一一環顧於博物館靑河舫
街書店筆房茶博物館岳廟西泠印社等地　又加之乘船玩游於西湖
樂趣倍筬　不知之間　日程垂完

四日間　今杭州居住鄭賢禎梁支源間間來往　融合無間　怡悅尤甚
蓋此亦爲難忘

六月十五日

　일행은 여람 상백 부부를 따라 유명식당을 위시하여 박물관 청하
방가 서점 필방 차박물관 악묘 서령인사 등지를 일일이 들러보았다.
또 서호에서 배 타고 놂을 더하여 즐거운 흥치가 몇 곱절이었다. 어
느새 일정이 거의 끝났다.
　나흘간 지금 항주에 거주하고 있는 정현정 양지원이 간간히 왕래
하여 격의 없었기에 즐거움이 더욱 그러했다. 아마 이 역시 잊지 못
할 것이다.

6월 15일

茫茫西子湖　망망한 서자호에
芥子片舟乎　겨자씨만한 편주인가
任意游絲似　임의로 나는 유사처럼
隨風浮畵圖　바람 따라 그림 속에 떠 가네

臨歸路 귀로에

早晨收擔 向機場 萬感交集也 後安穩之處 思中國書藝熱 再想
起我國消息若吾科顚沛 忽爲心煩意亂
　噫　聽之　中國書畵系大學院生以課外副業所得之金　猶勝我薪
何其欽羨物慾 惟在其方興未艾之書藝風氣而已

六月十六日

아침 일찍 짐을 꾸려 비행장으로 향하니 만감이 교차한다. 안온
한 곳을 뒤로 하며 중국의 서예열을 생각하다가 다시 우리나라 소
식과 우리과 몰락을 떠올리려니 문득 마음은 번거롭고 뜻이 어지러
워진다.

아! 들자하니 중국 서화과의 대학원생이 과외부업으로 버는 돈이
내 월급을 능가한다고 한다. 부러움이 어찌 물욕에 있겠는가? 오직
흥기하여 그칠 줄 모르는 발전도상의 서예풍기에 있을 뿐이다.

6월 16일

臨池同道久　글씨의 같은 길 오래
一盛一迎衰　한 곳은 성하고 한 곳은 쇠락을 맞았다
不産於華嘆　중국에 태어나지 못한 것을 한탄하나니
何由物慾哉　어찌 물욕 때문이겠는가

參席書藝振興政策學術發表會場

서예진흥정책 학술발표장에 참석하고

夫自去年十一月五日　已擧行三次書藝振興政策對策集會　一二
次其論題則書藝隆盛及文化隆盛　其三次則以書藝博物館位相回復
之題討議

今日四次論題則初等放課後書藝活性化方案摸索

此會　崔載千議員任代表職以主催　藝術殿堂及韓國書藝團體總
協議會主管

於是　金炳基全鍾桂朴貞淑尹學相等五位發表論題　敝科在學生
四十餘名　并行沈默示威　又余泰明敎授朗讀廢科輟回呼訴文

唯願　韓國書藝振興法將能通過於國會而已

甲午六月二十日

지난 해 11월 5일부터 이미 세 차례의 서예진흥정책대책집회를 거
행하였다. 1차 2차의 그 논제는 '서예융성'과 '문화융성'이었고 3차는
'서예박물관 위상회복'의 논제로 토의하였다.

오늘 4차 논제는 '초등 방과후 서예 활성화 방안모색'이었다.

이 모임은 최재천의원이 대표직을 맡아 주최하였고 예술의 전당과
한국서예단체 총협의회가 주관하였다.

이때에 김병기 전종주 박정숙 윤학상 등 다섯 분이 논제를 발표하
였고 우리 과 재학생 40여명이 침묵시위를 병행하였다. 또 여태명교
수가 폐과철회호소문을 낭독하였다.

오직 한국서예진흥법이 국회에서 통과될 수 있기를 바랄 뿐이다.

갑오년 6월 20일

書者士心擒　글씨는 선비마음을 사로잡았던 것
垂亡非昨今　거의 망했으니 어제 오늘 일이 아니다
一波纔動始　한 파도가 겨우 움직이기 시작했으니
幸見萬波臨　행여 만파가 임하는 것을 보려나

特講後　특강을 하고

京畿大學校書藝科大學院主任張志薰敎授邀請　乃以今日之書藝
命題講義一時間餘　參席者則張敎授外河丁平川心硏松民崔泰福敎
授吳曉明奎章閣訪問學者大學院生等達二十人
　於是　我說解放後一世代書家與二三世代之差　又言我書法及漢
文功夫過程　復言及對中韓書藝若將來韓國書壇展望等
　今日韓文專用之下　人文學已爲頹敗　民氣亦轉落已甚　不知文字
立國之重　書藝好轉　何可望之哉

甲午六月二十三日

　경기대학교 서예과 대학원주임 장지훈교수가 요청하여 이에 '오늘
의 서예'란 명제로 한 시간여 강의하였다. 참석자는 장교수 외 하정
평천 심연 송민 최태복교수 오효명 규장각방문학자 대학원생 등 스
무 명에 달했다.
　이때 나는 해방 후 1세대와 2·3세대의 차이를 설하였고 또 나의
서법 및 한문공부의 과정을 말하였다. 다시 중한서예와 장래 한국서
단의 전망 등을 언급하였다.
　오늘날 한글 전용 하에서 인문학이 이미 퇴패하고 민기 또한 전락
이 이미 심한데도 문자입국의 중요성을 모른다. 서예의 호전을 어찌
가히 바라겠는가!

갑오년 6월 23일

先人文理後臨書　선인들은 문리가 난 뒤에 글씨에 임했는데
今日多無分魯魚　오늘 서가들 거의 어로불분이다
我國民初明晢腦　우리국민 애당초 명석하여
才華不下不遽遽　재주 중국의 아래 아니건만 의기양양 못 하누나

後記

여덟 번째 시집이다.

늘 지지부진이 부끄러울 뿐이다.

항상 내 글공부에 지남이신 江宇 朴교수 浣植선생님께 그지 없는 감사의 마음을 올린다.

아울러 입력과 교정을 해준 곳川 李月善여사가 더없이 고맙고 출판을 허락해준 서예문인화 이홍연 사장님께도 감사드린다.

끝으로 이 책은 원광대학교 연구지원과 후원의 일환임을 밝혀둔다.

아미타불!

2015년 11월에 朗思 쓴다

저 자 와 의
협 의 하 에
인 지 생 략

기교 없는 기교

九旻亐工

發行日   2015년 12월 30일

著者 마하 선 주 선
서울특별시 종로구 평창4길 21-20 (평창동)
010-5308-7274

發行處 이화문화출판사
서울시 종로구 사직로 10길 17(내자동 인왕빌딩)
02-738-9880 (대표전화)
02-732-7091~3 (구입문의)
02-725-5153 (팩스)
www.makebook.net

ISBN 979-11-5547-195-1 03810

값 9,000원